열마리곰

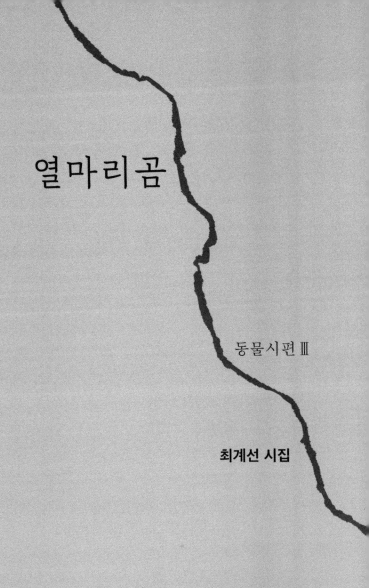

# 열 마리 곰

동물시편 Ⅲ

**최계선 시집**

강

## 시인의 말

『은둔자들』에서는 내륙동물과 바다동물을,
여기서는 세계동물로 시집 묶는다.
물론 편의상 분류다.

2021 여름
최계선

# 차
# 례

# 눈표범

눈으로는 보이지 않는 설산의 정령

신화 속 별자리 동물들과
구름 위의 왕국 고원지대에
전설처럼 살아남아
밤의 파란 눈을 뜬다

사람들은 신화를 믿지 않는다
본 적이 없으니까
신화가 아무리 표상이 반영된 신성이라 해도
보이지 않으니까

원래 정령이란 것이 그렇기도 하다
산 그대로를 덮으며 흰 눈으로 왔다가
그대로를 남기고 흰 구름으로 사라지는

살아 있는 신화
눈표범

# 북극곰

바다로 된 북극에서만 사는 북극곰은
눈과 얼음뿐인 흰색의 지구에 벌러덩 누워
빨강 · 파랑 · 노랑 · 연두 · 분홍으로 물결치는
신(神)들의 황혼, 극광을 본다
요정들이 침실 커튼을 젖히며 양팔의 기지개를 켠다 해도
그다지 놀랍고 새로울 것 같지 않은 북극

육지로 된 남극에서만 사는 황제펭귄은 알 수 없는
멸법(滅法)의, 귀족들이 헤아리기 어려운
걸림 없는, 다리 꼬고 누리는 오만방자함과
구태여 꼿꼿이 앉을 것 없는 무위의 안락

극광을 본다, 태양풍 휘장을 치고
아침에도 해 뜨지 않는 밤을
밤도 없는 아침을
완전한 겨울의 어둠을 등 기대어 보는
이 또한 한겨울 밤의 꿈으로 너울지다 사라질
북극의 북극곰

# 스프링복

달의 소유권에 대한 선점적 상징으로
달에 깃발 꽂고
스프링복처럼 경중경중 뛰어다니던 우주인들이
지구로 내려왔을 때

그들이 월석과 함께 꺼내서 보여준
중력을 벗어나 떠다니던 정적
내 몸 안에다 굴을 파던 어둠
밤으로 이어진 욕망, 그것들은 태초에 뿌려진
얼마나 깊은 원시적 슬픔이었던가

빛 없는 별까지 다녀오지 않더라도 우리는
대지의 새싹 하나도 뛰어넘을 수 없는 모래알이라는 것
부스러기에서 떨어진 먼지라는 것
그리고 누구나 다 아는 또 하나의 비밀은
초원의 바람은 항상 푸르다는 것
그쯤의 비밀은 여기서도
햇살 아래 드러누워보면 다 알 수 있는 사실

# 배럴아이

가령 거부할 수 없는 또 하나의 사실은
달에 찍힌 발자국조차 하나 없는 미지의 심해저
심해어류 배럴아이의 눈은
투명한 머리통 안에 들어 있고
형광 초록색 공의 그 눈은
머릿속에서 자유롭게 돌아다니고 있으며
탐사선 안에서 이쪽저쪽으로 자리를 옮겨가며
그간 한 번도 본 적 없는 퇴적된 어둠을 내다보듯
사방이 어디에 있건 한눈에 볼 수 있는
투명한 머리통 안의 그 눈은
머릿속에서
생각하는 대로 움직인다는 사실
생각이 눈이고
눈이 곧 눈에 보이는 생각이라는 사실

나는 그렇게 심해저의 산꼭대기에 서 있다
녹슨 전지가위를 들고
태양의 빛조차도 미끄러 떨어지지 않는 식물한계선
대륙사면의 벽으로 둘러싸인 심해분지의

진흙에 박혀 있는
샛별로부터 새어나오는
먼 우주의 미지의 빛을 바라보며
머리로 가늠할 수 없는 거리의 저 빛이
과거로부터 날아온 회생의
마지막 희망일지도 모르겠다는 생각을 하며
내게는 믿기지 않는 사실일 뿐인
심해의 눈알을 바라보며
나는 그렇게 깊은 바다의 산꼭대기
화산고원의 대륙붕 위에 서 있다

# 빗해파리

빛의 언어가 공용어인 심해의 우주에서는
빛줄기를 모아서 엮어놓은 빗해파리가
진주로 구슬 펜 머리칼을 길게 늘어트린 엘프족의 여
왕이
그리고 끝내 이름을 밝히지 않은 요정이
음표로 매달린 물방울 악보를 보며
빛의 음악을
연주한다, 매듭에서 다음 마디로 이어지는 리듬을
물결 위에 부드럽게 얹어놓는다

나는 태초의 음악을, 어둠을
그러나 결코 어둡지 않았던 유년을 찾아다닌다
내게도, 아롱거리는 개울 햇살이 있다
암흑성 블랙홀 안의 빛의 제국
사건지평선 바깥의 물컹 해파리 건어내며
있는 그대로가 순수로 빛나던 심연의 난만함을
빛의 소나기를, 그리고
머리에 이고 있던 똬리 은하를 찾아서

# 앵무조개

잘 불던 휘파람
주둥이 내밀고 꽥꽥거려도 이젠 소리가 안 난다
바람만 픽픽 빠진다
자전거 바퀴에서 새나오는 김빠진 소리만 난다
바람 빠지며 구름을 휘젓던 풍선 주둥이처럼
재랄만 떤다
악기가 녹슬었다

성단의 회오리를 몸에 두르고
등 뒤로만 헤엄쳐 가는 앵무조개
우리가 별을 바라보듯이
눈앞으로는 지나온 과거만 바라보이는 앵무조개는
화석화된 시간을 내뿜으며
휘파람의 물살을 지휘하며
고생대 지층의 무구(無垢) 속으로 헤엄쳐 간다
그 시절은 누구에게나 그립다

기억 속에서의 나는 지금보다는 어린
늘 휘파람 잘 불고 다니던 아이

# 불곰

한 달 전 내린 눈이 그대로다
숲이 텅 비었다
새 발자국 하나 없다

눈 속에는 어떤 정령들이 묻혀 있을까
북미원주민* 위대한 추장들은
어디 화톳불에 둘러앉아 담배 피우고 있을까
그들의 들판과 하늘과 냇물은 어디로 흐르고 있는 것
일까

'나는 바람이 자유롭게 불어오고, 아무것도 햇빛을 가리지
않는 대평원에서 태어났습니다. 나는 울타리도 없는 곳, 모
든 것들이 자유롭게 호흡하는 곳에서 태어났습니다. 나는 그
곳에서 죽기를 원합니다.'(코만치족 대추장 열마리곰) '나는
정착하고 싶지 않습니다. 평원들을 떠돌아다니고 싶습니다.
평원에서 우리는 자유와 행복을 느끼지만, 정착을 하면 우리
는 창백해져서 죽고 말 것입니다. 나는 땅과 들소를 사랑하
기에 그것과 헤어지지 않을 것입니다.'(키오와족 추장 사탄
타) '나는 구슬프게 울고 있는 대평원을 보았습니다.'(키오

외족 대추장 외로운늑대) '나의 동족들은 돌아오는 나를 맞으려고 언덕에서 기다리고 있습니다.'(아라파호족 추장 작은까마귀)

자연의 위대한 정령들을 만나 정령의 숲으로 함께 걸어간—열마리곰, 붉은구름, 외로운늑대, 흰곰(사탄타), 앉은소, 점박이꼬리, 차는새, 미친말, 쓸개, 흰말, 키큰황소, 작은까마귀—그들의 천막은 어디에 있나

산 위를 돌아다니는 천둥은 어디로 갔고, 큰나무, 늑대목걸이, 큰발, 까마귀깃, 검은매, 까마귀발, 여우말채찍, 수달허리띠, 큰독수리, 점박이뱀, 차는곰, 파란독수리깃털, 서있는곰, 그들은 또 어디로 갔나. 죽은 사람이 다시 돌아온다던 망령의 춤 북소리는 왜 들리지 않는가

숲이 텅 비었다
쥐 발자국 하나 없다
내 그림자가 불곰으로 지쳐 기대앉는다

---

* 북미원주민들은 그들이 인디언으로 불리는 것을 싫어한다. 인디언은 인도 사람들이다.

# 순록

쇼베 동굴벽화를 남긴 원시부족
그들이 밟고 섰던 대륙이 떠내려가기 전부터
벌판을 기어 다니던 이끼의 툰드라지대를 거쳐
거룩한 자들의 땅을 지나다니던
순례자
순록이
쓰러진다

영구동토층의 붕괴는
눈과 얼음이 녹는 것으로 끝나지 않고
빙하산맥이 긁고 지나간 땅이
다시 드러난
쓰러진 자리에서는
맘모스 허벅지 뼈가 드러나고
알 수 없는 동물 미라가 발견되고
겹겹의 지층으로 파묻혀 있던 고대의 세균\*들이 기어
나와
순록의 영토를 짓밟는다

이글루는 에스키모 말의 그냥 **집**이고
그냥 **사람**이란 뜻의 이누이트 부족에게는
**아름다운**이란 단어가 없다고 하듯이
그들 마음에는 그런 단어가 필요 없듯이
순백 자체로 빛나던 원시의 신성한 땅이
무너진다

벽화로 붕괴된 동굴 속에서
순록은
떨어져나간 한쪽 눈을
다른 한쪽 눈으로 바라본다

---

\* 빙하에는 32종의 고대 바이러스가 갇혀 있다. 이중 28종은 보고된 적이 없는 바이러스다.

# 뿔도마뱀

눈에서 피를 내뿜는
뿔난 뿔도마뱀을
흉측하다고 해야 하나
가엽다고 해야 하나

화도 났겠고
두렵기도 하니
피를 내뿜겠지만

피가 풍겨내는 비릿함
피가 보여주는 절박함

피눈물 흘렸다는 성모상은
슬픔으로 보아야 하나
기적으로 보아야 하나

뿔도마뱀이
황무지 언덕을 붙들고
가시나무로 서 있다

# 펭귄

무대 뒤편에서 터덜터덜 걸어가는 것이
그 배우의 역할
　대사 한마디 없이
　아무 소리도 내지 말고
　객석 쪽은 쳐다보지도 말고
　너무 빠르지도 너무 느리지도 않게
　눈에 띄지 않게
　모자는 눌러쓰고
　외투 깃은 올리고
　안경도 고쳐 쓰지 말고
　분무 안개 흩어지는 발끝만 보며
　생각이란 생각도 하지 말고
　모든 것이 그냥 흘러가도록
　무대 뒤편에서 무대 뒤편으로
　이름 없이 걸어가는 것이
　그 배우의 역할
그 단역이
그가 원했던 무대에서의 역할

# 사자

하늘이 암막의 커튼을 치기 시작했고
우리는 저수지 큰 배에서 술병자리 따르고 있었고
물고기자리가 뛰고 있었고
황소자리가 달려가고 있었고
게자리가 식탁에 올라와 있었고
전갈자리가 젓가락질 하고 있었고
큰곰자리는 등 긁고 있었고
백조자리는 안 보였고
별별 별들 중에서
게 눈 감추듯 떴다 사라지는 술잔 속에서
가장 맑고 밝게 빛나는 저 이슬 같은 별을
나는 금성이라 했고
그녀는 우주정거장이라 했고
나는 저 금성이 지금 사자자리에 입궁해 있다고 했고
그녀는 내기하자고 했고
나는 내 목숨과 술값을 걸겠다 했고
(술은 확신에 확신을 더해 한술 더)
그녀는 기상대 친구에게 전화로 확인했고
나는 하루하루를 목숨 구걸하며 살고 있고

그녀는 다신 내게 연락하지 않고 있고
나는 고맙고도 불안하게 사자를 피해 다니며
방구석에서
별자리 동물들이 우주정거장 별의 발현에 꼬리 감추듯
벌벌 지내고 있다
처녀좌의 그녀는 저승사자

# 사자

밀림에 살지도 않는 밀림의 왕

사자는

초원보다도

갈기 목에 이끼 끼도록
다리에 앉아 있는
동상 사자가 더 많다

# 앨리게이터

늪지의 제왕인 앨리게이터 악어가
등에 연꽃 얹고
낮잠 잔다
이쁜 것이 귀엽기도 하다

나른할 대로 나른한 햇살 풀어지고
산맥 줄기 이어진 뾰족한 악어 등에서
잠자리도 잠잔다
모두에게 날개를 달아주는 꿈

그러나 꿈은 때로 추락으로 이어지는 슬픈 기억들
연꽃의 진흙 향을 따라온 나비와 벌들이
악어의 눈물을 핥아주고 있다

# 칼새

뜯겨진 벽지 뒤로 진흙이 보였다
단칸방의 가족 중 막내는
식구들이 잠들고 나면 가끔 벽 쪽으로 몸을 돌려
진흙을 뜯어먹곤 했다
허기진 구멍으로는 벽을 만들 때 세웠던
창살 같은 옥수수 대궁도 보였다
형체만 비스듬히 남은 맞은편 집도 보였다
풀칠도 소용없는 찬바람은
제집처럼 머뭇대지도 않고 들어왔다
벽지는 펄럭거리며 웅웅거리고 있었다

칼새는 홰에 내려앉지 않는다
잠깐이라도 땅이나 나무에 내려앉지 않는다
발끝도 대지 않는다
둥지에 머물지도 않는다
잠은 열 달이라도 하늘에서 잔다

아버지를 기다린 적은 없었다
벽에 난 구멍으로는 주먹이 들락거렸다

식구들이 저녁 문 열고 하나씩 들어서면
고인돌을 들락거리던 바람도 뒤따라 들어왔다
오지 않는 사람에 대해서는
아무도 어떤 얘기도 꺼내질 않았다
등 뒤로 닫힌 방문은 문턱에 걸려 있었다
식구들은 들어온 순서대로 곧 잠이 들었다

칼새는 문둥이 동굴 깊은 천장에
흰 거품의 침을 토해 둥지 만든다
제비집 요리의 재료는 제비 아닌 칼새집이다
사람들은 새집까지 뜯어 끓여 먹는다

뜯겨진 벽지 뒤로 진흙이 보였다
둥지 안에 빼곡하게 끼어 있는 푸석한 얼굴들
모여서 별자리가 되어본 적 없는 식구들은
밤새 머리맡을 쓸고 다니는 빗소리에
몸을 뒤척거렸다 진흙집은 녹아내리며
새들의 흰 구름을 꿈꾸던 벽지 꽃들도
찢어진 채 펄럭거리고 있었다

# 하마

초원에 파릇한 어둠 돋아나고
별 헤치며
뜨겁던 한낮의 늪지를 지나가는 하마의 밤
강의 물풀들을 덮어주는 은하의 밤은
하루의 흔들림도 곱게 쓰다듬어준다

노 젓는 강으로의 발길은
하마에게는 성가신 방문이어서
이방인들의 불경한 옷가지와
새들을 가리키는 거만한 손짓과
지가 무슨 말을 떠들고 있는지도 모르는 앵무새처럼
쉼 없이 조잘대는 발칙한 우월감의 잡설에는
강의 문지방을 박차고 뛰쳐나온 격랑이
파도치는 하마의 노여움이
배를 뒤집고 쪼개서 널빤지 조각으로 떠내려 보낸다
부침(浮沈) 속에서 물 먹고 있겠지
경계의 표시가 오줌이 되었건 똥이 되었건
니들이 알건 모르건
신성한 야생의 땅에 발 들여놓을 때는

가죽 신발부터 벗는 것이 좋으리라


초원에 범람한 파릇한 바람이 노 저으며
별의 시집을 한 장씩 넘겨가며
강물을 따라가는 은하의 밤
옷장 속에서 물 먹던 하마는 언젠간 그 물에 빠져 죽겠
지만
바다를 향해 부지런히 달려갔던 강은 그 바다에 삼켜
지겠지만
달이 고요의 바다에서 정원 가꾸고 있을 때
파도가 달을 따라 달려가고 있을 때
밤은
하마의 소란스런 하루를 곱게 쓰다듬어주며
풀숲으로 흘러간다

# 나무늘보

나무늘보 털에는 녹조류가 끼고
곰팡이도 자라고
나방도 살고
딱정벌레도 산다
회귀 중인 몸에서나 볼 수 있는 분해과정의 협력자들이
살아있는 나무늘보 몸에
눌어붙어 산다

게으르다고 볼 수 없는 것이
온갖 것들이 몸에다 집 짓고
알 낳고 애 키우며 능청스럽게 살고 있어도
살아가는 데 별 불편 없기에
가려우면 긁으면 될 일이기에
권태로움은 하품이 알아서 내보내기에

한 손을 머리 위로 반대편 옆구리에 두고
겨드랑이를 다 드러내놓고
익살스럽게 웃고 있는 것처럼 보이지만
그도 아닌 것이

그 옆구리에는 이쪽 손이 적당하기에
한 손은 나무 허리를 꼭 끌어안고
늘보도
나무에 눌어붙어 있어야 하기에

털도 털구름의 하늘 쪽으로 자라면서
나무를 닮아가는 나무늘보는
나무를 꼭 껴안고
느리게
빠른 것들을 불안하게 만들면서

하루 식사는 나뭇잎 세 개 정도
잠은 스무 시간 정도
(꿈속이 그가 사는 나라고 꿈밖은 비현실의 세계)
똥은 대충 일주일에 한 번 정도
부득이 볼일은 꼭 땅으로 내려와서 본다
차안(此岸)에서의 그 하루는
힘줘 똥 눈 것 말고는 한 일이 없다

# 물개

물개가 즐겨 하는 포즈,
옆으로 누워서 다리 살짝 올리고
한 손은 머리 뒤로 받치고
요염하게
곡선 살려서
바나나 포즈 취하고
그리고 물개가 하는 생각은
열다섯 시간으로는 허리 빠지게 부족한
수면 보충의 방법과 대책
그러다 잠들고 가위눌려 깨보면
(잠은 돌아옴을 전제로 한 여행)
물속
어쩐지 숨 차더라니
물밖
비몽사몽 올라가서
따뜻한 바위 골라
다시 바나나 포즈로.

"개에게도 불성이 있는가"

"없다"
언어 이전의 소식, 화두*
화두 들기 이전의 "이 무엇고?"의 **시간**.
물리학적, 철학적, 순환적, 직선적, 의식적, 예술적,
이 골치 아픈 시간에 대한 지인의 답
"시간 있어?"
"없어"


물개의 잠꼬대적 시간
잠 줄여 일할 것 아니고
일 줄여 잠자야 하거늘…… 컹컹


자 자
다 같이
물개박수~~

---

* 화두는 일반적인 상식을 뛰어넘고 있는 문답에 대하여 의문을 일으켜 깨
달음을 얻는 것이다. 참선 수행자들이 널리 채택하여 참구한 화두는 '개에
게는 불성이 없다(狗子無佛性)', '이 무엇고?(是甚麽)', '뜰 앞의 잣나무(庭
前栢樹子)', '삼 서근(麻三斤)', '마른 똥막대기(乾尿橛)' 등이다.

# 카이만

물고기 들어올 때를 느긋하게 기다리며
입 벌리고
급류에 서 있는 카이만 악어
중생대 때부터 저러고 있다

저 광경 보았을 이집트인들도
어깨 위에 얹혀 있는 제 참을성 없는 머리 집어치우고
악어 머리로 대신해서
지금까지 그럭저럭 반만년
풍요의 신으로 형상으로
무덤 속에서 강을 지켜왔지만

불멸은, 누군가가 그를 기억함으로써 불멸하는 것.

벽화는 점점 색 바래지고
풍요의 형체를 지워가며
누구도 경험담 들려준 적 없는 지옥의 두려움으로
죽기도 전에 어둠의 신에게만 힘을 얹어주고
세베크는 이제 공포의 신으로

# 펠리컨

안녕

원유를 뒤집어썼으니 이제 불만 붙이면
불사조가 되겠어, 불에 타 죽을 테니
이 몸으로는 더 이상 죽을 일도 없는 불사조

스스로 향나무를 쌓아 불 타 죽고
그 재 속에서 다시 살아난다는 신화 속 불사조로
푸른 대양을 건널 수는 없겠지만

그을음 연기로 바닷가를 뛰어다니다
향내 없는 불길 속에서
백악기 선조들의 썩은 몸과 불타오르겠으니

불사조가 되겠어, 분홍 목주머니에
원유를 한입 가득 물고

안녕

# 바다코끼리

남태평양 점점의 산호초로 이루어진
투발루 공화국이 물에 잠긴다
표류 난민 백성들이 옷가지를 벗어 흔든다

녹아 떨어져 나온 빙하 조각에
바다코끼리 커다란 검치가 걸쳐 있다
깊은 주름살의 바다 물결이 밀려온다
온난화의 난민들이 올라앉을 땅이 없다

# 대왕쥐가오리

날갯짓의 대왕쥐가오리에게 바다는
하늘

하늘에는
향유고래보다 더 큰 핵잠수함 떠다니고
혹등고래 입보다 더 큰 그물 훑고 다니고
일각돌고래 이빨보다 더 긴 작살 뚫고 다니고
사자갈기해파리 촉수보다 더 긴 밧줄 흘러 다니고
청어 부레보다 더 팽팽한 페트병 둥둥 떠다니고
하늘에는

대양의 입으로 먼지 플랑크톤 걸러 먹고 사는
뱃속에는 미세 플라스틱 쓰레기로 가득 찬
대왕쥐가오리 날아다니고

바다는 그냥 인간들의 하수구
독성 폐기물 처리장

# 장수거북

장수거북이 단명한 까닭은
풍선 때문이었다
비닐을 해파리로 착각해서였다

오색 풍선 날리는 하늘
평화와 화합을 자축하는 행사장 입구에는
바람 먹은 풍선인간이
긴 팔을 흐느적거리며 서 있다
쪼그라들어 상자 안에 구겨진 채로
다리가 목을 휘감고 조여진 채로
엉덩이가 눈알을 짓눌러도
바람만 먹여주면 다시 아무렇지도 않게 벌떡 일어날
비닐인간이
바다로 날리는 오색 바람과
오가는 사람들을 내려다보며
긴 팔을 흐느적거린다

모래를 파고나온 새끼 장수거북이가
돌꽃 활짝 핀 산호 정원의 바다로 돌아가지 못하고

하수도에 뒤집혀 단명한 까닭은
빛 때문이었다
가로등과 달을 착각해서였다

밤이다, 인간종은
불사의 플라스틱이 쓰레기화석으로 진행되고 있는
여섯번째 지구대멸종의 시대 인류세에서 밤을 맞는다

장수거북이 모래 해안에 구덩이 파고
보이는 것들로부터 눈감고
하나하나마다 눈물 떨구며 알 낳는
밤이다

# 투구게

내가 사람이라는 게 도무지 싫을 때가 있다.
—네루다

전등은 골목의 어두운 구석을 밝게 비춰주지만
불빛에 내몰린 어둠은
어둠의 품을 비좁게 파고들며
어둠을 더욱 어둡게 만든다

원시 바다의 투구게들이 실려 가는
그믐밤에 우리는 둘러앉아
이루 말할 수 없는 죄의 고함과
가당치 않은 사함을 기도한다
돌덩이 하늘이 번개를 내리꽂고
달의 바다가 폭우를 퍼붓는 밤에도
성난 바람이 지붕을 걷어가는 이 밤에도
트럭은 투구게를 싣고
끄떡없이 달려가고 있다

한 줄로 묶인 투구게들이 빗소리 들으며

파란 심장의 피 흘리고 있을 것이며
시험약으로 보내질 심해 바다의 혈장이
약수통 용기를 가득 채울 때까지
밤보다 더 검은 시퍼런 신음이
더 이상 흘러나오지 않을 때까지
밤은 계속될 것이다

떨어져 나간 제 턱뼈를 내려다보는 해골들이
선반의 어둠을 응시하며
걸어 잠긴 지하실 안에서 종부성사가 끝날 때까지
트럭은 계속해서 투구게를 싣고 있을 것이며

우리는 마땅하게 둘러앉아 묵주를 돌려가며
인간 편애의 이기적 정의론자인 만물 창조주
　(허접한 것들 보살피기에 정신없이 바쁘거나, 이야기
했음에도 경전에서 빠졌거나, 그도 아니면, 구석의 풀벌
레들이 밤새 소리 내어 주석을 달아줘도 못 알아듣거나)
　설교를 듣고
　또 편의대로 새겨듣는다

# 고양이

나는 이 진흙 구덩이 속에서
신의 손을 볼 수 없다.
그러므로 신에게는 한 인간이 베푸는
자선만큼의 능력도 없는 것이 아닐까?
—장 그르니에

블루스 곡에는 '아침에 일어나(Wake up in the morning)'
로 시작되는 가사들이 많다. 시작만 같고 이후부터는 즉
흥적이다. 같은 하루는 없고, 하루 같은 하루도 없다.

블루스 하모니카의 대가 소니보이 윌리엄슨은 어느 날
일어나 곡 연주에 이빨이 걸기작거린다고 앞니를 몽창
뽑아버렸다. 이빨은 다시 자라나지 않는다.

델타 블루스의 전설 로버트 존슨은 십자로에서 악마에
게 영혼을 팔고, 그 대가로 하루아침에 천재적인 음악 실
력을 얻었다. 스물일곱 살의 나이에 요절했다.

광동 요리 특징 중 하나는 신선도다. 살아 있는 채로
음식을 만든다. 시장 판때기 위에서 뭔가 꿈틀거리는 게

잡혔다. 껍질 벗겨진 상태에서 핏줄이 선명히 보이는, 고양이다. 아직 살아 있는 눈알이 돌아간다. 장판을 펼친 이 악마는 물렁뼈 제공의 대가로 돈을 요구한다. 사는 놈이 있으니 파는 놈도 있다.

칼 세이건은 우주탐사선 보이저호에 외계 문명에 전하는 '지구의 속삭임' 레코드판을 실었다. 지구 생명의 진화과정과 고래 인사말을 포함한 60개의 언어, 그리고 음악이 담겨 있다. 우주로 보낸 이 음반에는 블루스 초창기 음악가 블라인드 윌리 존슨의 「밤은 어둡고 이곳은 춥다네(Dark was the night, Cold was the ground)」도 실려 있다. 가사는 시작서부터 끝까지 외계인도 알아들을 수 있는 목소리의 음음음— 아아아— 뿐이다. 지구에서 보낸 메시지다.

# 그물무늬비단뱀

**공**

똬리를 틀고 몸 안에 만들어놓은, 구멍 孔
허무를 옥죄어 만든 비어 있는, 빌 空
세상에서 가장 길게 만들어진, 장인 工
세상에서 가장 오랜 현생 파충류인, 공로 功
사람을 삼킬 수 있는 유일한, 도끼구멍 釭
사람을 많이 잡아먹는다고 오해받는, 두려울 恐
그래서 사람들에게 더 많이 사냥당한, 바쁠 倥
그물무늬 가죽이 아름다워 상납당하는, 바칠 貢
돼지 · 토끼에게도 매복의 수고를 아끼지 않는, 칠 攻
사사롭게 어느 한쪽으로 치우치지 않는, 공변될 公
수영도 잘하지만 뽐내지 않는, 공손할 恭
정글의 법칙을 모글리에게 알려주는, 함께 共
힘이 엄청 세서 지나침은 삼가야 하는, 당길 控
사람이 얼마나 유약한 존재인가에 대한, 이바지할 供

# 때까치

가시나무 가시에 개구리들이 한 줄로 꽂혀 있다
꽂아놓고 먹지도 않는 때까치의
이 엽기적인 사냥을 관찰하던 동물학자는
딱히 뭐라 할 말이 없다

묻지마 사건을 배정받은 조사관이 퇴근한다
범행에 동기가 없으니 별반 물어볼 것도 없다
살인은 그저 단순한 접촉사고였을 뿐
딱히 뭐라 할 말이 없다

항문서부터 목까지 말뚝을 꽂아 포로들을 처형시켰던
드라큘라 백작의 브란 성, 경매가가 엄청나다
관광수입이 짭짤하기 때문이다
딱히 뭐라 할 말이 없다

이렇다 저렇다 대충 뭉뚱그려 단언할 수 없는
현생인류 '호모 사피엔스 사피엔스'는
직역하면 '슬기롭고 슬기로운 사람'이란 뜻이다
딱히 뭐라 할 말이 없다

# 코끼리

방어를 위한 상아 때문에 코끼리는 밀렵당하고

고아 된 코끼리들이 무리를 이뤄
케냐 삼부루 보호구역을 찾는다
한 해 한 번 있는 코끼리 모임에서
고아 된 코끼리들은
성체 무리에 입양되길 희망하며
코끼리 코로 코끼리 다리를 더듬으며 다닌다
코끼리 코로 코끼리 가슴을 더듬으며 다닌다

초원의 풀들은 흙으로 말라가고
입양되지 못한 아기 코끼리들은
입양되지 못한 아기 코끼리들끼리 무리 지어
마땅히 갈 곳도 없는 벌판을
먼지와 함께 되돌아간다

코끼리 긴 눈썹은
먼지는 걸러주지만
눈물을 막아주지는 못한다

# 아나콘다


악어를 잡아먹고 배 터져 죽은
(배불러 죽은 게 아니고 배 터져 죽은)
아나콘다 사진

실뱀이라면
개구리를 잡아먹고 배 터져 죽을 수도 있다
크기만 다를 뿐이다

# 천산갑

개미 언덕에 떨어진 열매 한 알에도 깜짝 놀라
제 몸 동그랗게 말고 굴러떨어지는 천산갑은
장수의 비늘 갑옷 입고
코로나의 불명예를 뒤집어쓰고
개미 핥아먹으며
불안과 치욕의 날들을 날름 살아간다

천산갑 비늘 덕분에
19금 무능구실의 잔소리로부터 벗어날 수 있는
기막힌 기회를 얻었노라 난리 치며
개미 똥구멍 핥아먹던 게걸스런 종족들은
늘어진 아랫도리를 붙들고
문을 안으로 걸어 잠그고
제 불안과 공포를 뒤집어쓰고
마른침을 핥아먹으며 살아간다

명예 없는 전장에서의 죽음과 장수의 갑옷이
그리고 반란을 도모하던 두발원숭이들의 비석이
즐비하다

# 천산갑

나를 노래하라, 날마다 태어나는 새들이여
　　　　　　　　　　　　—비센테 알레익산드레


네게 초원을 지배할 수 있는 칼이 쥐어졌더라면
대지가 이토록 헐벗지는 않았으리


양말 신발 다 벗어던진 나뭇가지와 풀잎들이
건초바람으로 굴러다니다 바위에 부딪치는
급기야 누런 메뚜기 떼들의 모래가 하늘을 뒤덮는
이런 황량한 벌판이 되지는 않았으리


곳곳에서 들려오는 낯설지 않은 소식들
떼죽음, 붕괴, 전염, 기형, 오염…… 가까운 비명
침묵을 일삼던 바위
지상의 탄식을 들어주던 대지도 숨을 몰아쉬고


네가 가시 많은 가지의 화살바람을 막아내며
초원의 장수로 군림할 수 있었더라면
하늘이 이토록 황당하게 드러눕지는 않았으리

# 스라소니

너는 구릉을 내려선다
돌들이 굴러떨어진다
벌거벗겨진 산은 봉분일 뿐
자연은 사실적이지 않다

광장을 이룬 거지들이 산자락 쳐다보며
제 등을 긁어댄다
갈 곳이 없다
골짜기에 고름이 흐른다
악취는 너와 함께 몰려온 것도
너와 함께 사라질 것도 아니다
이 행성의 피부에는 마른버짐이 번졌다
도처에 사막이다
주름 많은 거지 왕의 혓바닥이 말라간다
이슬 한 냥의 동냥도 구할 수 없는 광장
이마 주름살에 끼인 그늘이
그늘의 전부인 피난처에서

너는 태양의 지평선을 본다

금강석이 빛난다
무너진 사원의 돌기둥이 드넓게 펼쳐져 있고
마그마의 강은 제 길을 내며 흘러간다
폭발하는 태양의 눈은 흑점으로 파여 있다
태양풍이 고리를 만든다
불의 장신구를 꿴다
바늘귀를 빠져나온 털 가닥이
점토에서 타오른 잉걸불 속으로 사그라진다
숲의 기억도 그을음뿐이다

# 낙타

낙타가 사막의 배로 불리는 것은
모래의 바다를 건너기 때문만은 아니다
파도치듯 울렁거리는 낙타의 걸음걸이가
멀미 나게 만들기 때문이다

낙타 등에 업혀
낙타 혹을 붙들고 줄지어 건너는 사막은
낙타가 사는 곳이 아니다 사막에서는
낙타도 여행자일 뿐이다

모래의 해일은
모래를 뒤집고
모래 속에 파묻혀 있던 정강이뼈를
모래 위에 던져놓는다

뒤집고 뒤집은 모래시계의 사막은
너울을 타고
모래낙타들이 줄지어
낙타모래를 건너는 바다

# 낙타

사우디 사막을 뒤덮은 눈
스노우 눈!
2021.1.18. 현지시각으로
낙타는 어리둥절하다

하늘에서 모가 내리긴 하는데
이게 모지?
몬데 이렇게 느려터지게 떨어지지?
먼지가 왜 이렇게 크지?
왜 하얗지?
드러운 이 기분은 모지?
몸은 왜 떨리지?

# 참새

곡식을 쪼아 먹는 참새는 해로운 새
마오쩌둥 말 한마디에
10억의 인민들이 새총을 들고
2억의 참새를 잡았고, 그로 인해
메뚜기와 해충만 들끓게 된 그 논밭에서
4천만이 황당하게 굶어 죽었다
참새는 다섯 명당 한 마리 잡은 셈이고
죽은 참새 다섯 마리는 한 명을 죽게 했다
정리하자면
사람 한 명이 살기 위해서는
죽은 참새는 필요 없고
산 참새 다섯 마리가 있어야 한다

턱을 괴고 납작 엎드려 내다보는 겨울
가뭄이 길다
개울둑에 모인 떨잎 참새들이
마른 나뭇가지에 바짝 앉아
갈색 잎을 흔들어대고 있다

# 연어

흙장난하던 유년의 뜰에
흙 묻은 숟가락이 나뒹굴고
그에 대한 기억들이 모여든다

그가 돌아왔다
그의 귀향을 바라보는 눈
흙을 퍼 올리는 삽자루의 눈
장엄했던 여정에는 관심 없는 눈
냇물에 떨어진 볕을 훑어보는 눈
숨결을 주었던 땅으로

그가 돌아왔다
어둠 속에서 장님의 빛으로 눈뜨며
눈꺼풀에 뜬 아롱별을 바라보며
그는
태어날 때 열어두었던 문을 닫는다

# 백조

낙엽 한 장이면 다 가려질 듯한 하늘을
좀 넓게 펼치려면
눈 고개 돌림만으로는 부족하고
의자 돌려 앉으면 벽지 꽃 어지럽고
잘못 찾아든 꿀벌의 창가를 기웃대며
시야의 틈을 찾아야 했다

백조는 물 위에서의 시간을 즐긴다
흰 가슴이 구름 헤치며 매끄럽게 미끄러질 때
호수가 아주 잔잔할 때의 백조는
하늘에 떠 있는 흰 구름 같다

백조는 물 위에 떠 있는 제 얼굴을 즐겨 본다
고개를 쑥― 내밀면
머리 뒤에는
흰 구름 창궁의 후광이 둘러져 있다
하늘을 날면서는 이 모습 보이지 않기에
흐르는 물에서는 비춰지지 않기에

백조는 맑고 잔잔한 호수에서의 시간을 떠다닌다

생상스 「사육제」 13장에 따라

그리고 퇴장

후에 이어진 피날레: 당나귀가 질주하며 등장, 암탉·
수탉·코끼리·캥거루의 어수선한 등장, 귀가 긴 노새의
마무리

동반 출연 : 사자·거북·수족관 물고기·숲속 뻐꾸기
·커다란 새장·화석

슈만의 「사육제」는 흥청대는 사람들의 음악적 가면무
도회

종교적 축제인 사육제(謝肉祭)를 나는 왜 사육(飼育)이
라고 생각할까


왠지 흰 머리 백조일 듯한 책 속의 어떤 진인(眞人)이
있어 내게 일러주길

오직 고요한 물만이 능히 제 모습을 비춰보려는 자들
을 멈추게 할 수 있다 하였으니

# 표범

자연사박물관에 사는 표범은
험한 이빨 드러내고
굉장히 살벌하게 코 찡그리고,
그런데 아무도 겁먹지 않고, 시시닥거리며,
무색하게도, 아주 우습게 지나다닌다.

야밤이 익숙하고 능숙한 표범은
소변에서
버터에 튀긴 팝콘 냄새가 난다고 한다.

연인들은 영화관 구석에 즐겨 머리 기대고
갈증 난 목을 더듬는다
깨물어달라는 듯 흰 목을 다 드러내놓고
반기며 비벼댄다, 정글의 동반자는
열대 숲에 어울리는 간편한 걸침으로
빨갛게 물든 혓바닥을 그르렁거리며 핥아댄다.

산딸기 따먹던 사슴이 화들짝 뛰어간다.
그게 그리 놀랄 만한 장면은 아닌 거 같은데

너무 깜짝 놀랐다는 듯 손을 움찔거리며
연인은, 연인의 가슴을 대신 쓸어준다.
단추 구멍을 비집고 터져 나온 알갱이들이
영화관 바닥을 어지럽힌다.

모든 동물들의 몸놀림은
사냥 아니면 교미

표범은, 꼼짝도 않는 표범은
돌연사박물관 한쪽 구석에 서 있다.

# 푸른풍조

화려한 깃털의 극락조, 풍조 중에
밤과 어울리지 않는 푸른 눈과 푸른 깃털의
푸른풍조는
바람조차도 푸른 곳에 정자 만들고
마당도 푸르게 꾸미고

사람의 마을과는 따로이
사람이 드물어 푸른 뉴기니섬
열대우림 숲속에 살면서 어렵게 장만한
푸른색빨대, 푸른색페트병뚜껑, 푸른색라이터, 푸른색
광고종이쪼가리, 들들로 마당 뜰 푸르게 꾸미고
푸른풍조는
은밀한 구애의 푸른 춤 춘다.

내 눈에는 쓰레기지만
(사랑이 그렇다는 것은 아니고)
푸른풍조 눈에는 더없이 환상적인
어쩌면 청색약(靑色弱)일지도 모르는
푸름이 또 다른 푸름으로 빛날지도 모르는.

# 코뿔새

사랑이 하도 크고 지극하야
사랑을 둥지에 넣고 봉해버렸다
이제 이 사랑은 나만의 것
누구도 접근할 수 없는

부리 구멍 하나 남겨놓고
진흙과 배설물로 막아버렸다
보금자리
누구도 넘볼 수 없는 퀴퀴한 사랑

바깥세상이라고 해봐야
열매 한 알 크기
번지르하기만 했지 뭐 설레임도 없고
무겁기만 한

사랑을 둥지에 넣고 봉해버렸다
깃털처럼 보드라운
이제 이 사랑은 나만의 것
나도 들어갈 수 없는

# 핏줄문어

코코넛 껍데기야 더없이 좋겠다마는
조개 껍데기 뒤집어쓰고
별 욕심 없이 바닷속 걷네
근심도 없네
이름도 없네
저건 내 이름 아니라네
풍간 한산 다 좋다마는 습득*이 더 좋아 보이네

하늘에서 껍데기 비 쏟아져
옳다구나 들어맞는 뚜껑 있다면 참 좋겠네

알몸에 껍데기 쓰고
방랑 삼천리
그런데 흰 구름 뜬 고개 넘어가는 객
저거이 암컷 아니더냐

---

* 풍간(豐干)·한산(寒山)·습득(拾得)은 당나라 천태산 국청사에 살았다는
전설의 인물들이다. 이들을 국청삼은이라 부르는데, 그들의 시를 모아 낸
책을 『한산시집』 혹은 『삼은시집』이라 한다. 습득은 풍간이 산속을 거닐다
가 길가에 보자기에 싸여 울고 있는 애를 주워 길렀기에 습득이란 이름으
로 불렸다.

# 농게

한쪽 손만 커다란 농게들이
엿장수 가위 같은 집게를 흔들며
구애의 장단을 맞춘다
    일루와~ 일루~
    여기야~ 여기~
    날좀보소~ 날좀보소~
    아가씨~ 여기라니까~

갯벌은
시끌시끌하고
끈적끈적하고
미끌미끌하다

관계라는 게 원래
암수 관계에서는 특히
들여다보고
따지고
우기는
엿치기니까

# 몽구스

대개의 부부싸움은 한 사람이 문을 박차고 나가면서
끝이 난다
　두 사람은 서로 잘못한 게 없고
　두 사람은 서로 억울하고
　한 사람이 집을 나간 후에도
　한 사람은 집안 살림살이들과 계속 싸운다

　집단 간의 패싸움 와중에도 적군과 눈이 맞아
　슬그머니 풀숲으로 들어가는 몽구스 커플이 있다
　따지고 보면 세력 다툼도 아니었던 싸움 후에는
　젖가슴이 발그스름해진 암컷이 보인다

　싸움은 문을 박차고 나간 쪽이 수그러 들어오면서 마
무리된다
　나가고도 싶었고
　나가기도 했고
　미안한 마음도 들고 해서
　술을 벌겋게 먹고 들어오거나
　시장에 들러 찌개거리 사오거나

대개의 부부싸움은 그렇게 시작해서 그렇게 끝이 난다
나가서 뭐 했는지에 대해서는 서로 묻지 않는다
들어온 게 중요하다

# 전기뱀장어

당신만 보면 난 늘 찌릿찌릿해
왜 그렇지?
발 담글 처음엔 그렇지 않았는데
왜 이렇게 됐지'?
이젠 이렇게 중독돼서
허벅지 자극에도 쭈뼛 서지 않고

찌릿찌릿 빳데리 더 올려봐
근처 잔챙이들 허옇게 떠오르겠지
이 수중 번개 맛이 어떤지 알면
알 수도 없겠지만
알아서들 피해 가겠지
이제 난 그게 좋아
세월의 수위가 젖가슴까지 차오르다 보니
정열은 둥둥 떠가고
만사 번거롭기도 하고
둔감해져서
소금 한 스푼
더

그래도 싱거운 듯

더

냇물도 결국은 바다로 떠내려가니까


몸 안의 발전기거나 발정기거나

더 쎄게 올려봐

내가 부들부들 떨다가 기절할 지경까지

중독된, 몸이 찾아가는 주기적인 자극의

단련된, 견뎌낼 수 있는 따끔한 고통의 범위 내에서

너무 쎄게는 말고

# 닥터피시

그래 이 이름은 뭐가 좀 있어 보여
이름이 중요해
불려지면서 세뇌당하는 거지
가령 내 이름 같은 경우
높을최(崔) 계수나무계(桂) 도리옥선(璿)
직역하면 청렴한 선비라는 얘기고
의역하면 달에서 절구나 찧고 있으라는 얘기지
같은 얘기일 수도 있지만
귀향살이하라는 얘기지
고맙게도 진즉에 유배당했지
그러니 맨날 외롭지
이름이 중요해
남들 뒤꿈치 각질이나 뜯어 먹고 살지만
잉여의 존재로
미천한 백성 취급 안 당하고
(지들한테 도움 되니까)
닥터피시
뭐 좀 있어 보이고 그럴듯해
다른 애들에게도 명명식을 거행해야겠어

혼자서 애칭으로라도

닥터라이언

닥터울프

닥터하이에나

닥터폭스

닥터버드

(여기까진 그럭저럭, 다음부턴 잘 모르겠으니까)

닥터지렁이

닥터개미

닥터올빼미

닥터쥐치

닥터거북이

닥터쇠똥구리

닥터

닥터아무거나

그깟 이름이 뭐가 중요해

기적처럼

아직 살아 있다는 게 중요하지

닥터 세상의 모든 동물들

# 송사리

하얀 이불 씌운 것처럼 빛난다는 뜻을 가진 렌소이스 흰모래사막은, 물고기사막으로도 불린다
물고기사막에는
**살아 있는** 송사리가 산다
송사리에게는 열 명이 넘는 친구 물고기도 있고
도마뱀 같은 마흔두 명의 별로 안 친한 파충류도 있다

우기와 건기가 반복되는 흰모래사막
풀도 돌도 아무것도
흰 구름과 흰 모래뿐인 사막
여섯 달은 사막
여섯 달은 호수
호수 생겨나면 송사리는 헤엄치고
호수 마르면 다들 어디로 사라지고
어디가 어디인지는 아무도 모르고
어디서 알 낳고 부화하고
어디서 튀어나와 헤엄치고 어슬렁거리는지는 아무도
모르고
저게 흰 구름인지 흰 모래인지

언제까지 묻고만 있어야 하는 것인지에 대해서도
물고기사막에 사는 어느 누구도
아무것도 안 가르쳐주고
단지 어디 같은 그따구 논리는 집어치우고
요렇게 살랑대는 지느러미 깃털이나 따라 해보라며
송사리는 날아다닌다

송사리
고놈
참 묘한 놈

# 문어

문어 입은 겨드랑이에 있다
여덟 개의 팔을 다리라고 치면
문어 입은 사타구니에 있다
맛을 보는 신체 부위로 치면
문어 입은 성기에 있다

심장은 셋이고
아홉 개의 뇌는 목구멍을 감싸고 있고
혈액도 붉은색이 아니고
피부색도 따로 없고
뼈가 없어서 형체도 맘대로고
왼손잡이도 있고 오른손잡이도 있고
눈은 길쭉한 수평동공체여서 사방 어디든 보고
먹물을 내뿜고 추적자를 따돌리기도 하고
지능은 알 수 없을 만큼 높고
감정도 풍부하고

내가 외계행성에 있는 것이 아니라면
문어가 찾아온 것이리라

지구가 이미 파멸된 것이 아니라면

문어가 답사 온 것이리라

한때 지구를 다스리던

고생대의 삼엽충

중생대의 공룡

신생대의 인간에 이어

머지않아 도래할 인류 멸절의

미생대를 준비하고 있는 것이리라

그들의 과오를 낱낱이 기록하며

형체도 피부색도 바꿔가며

문어는

우리 안에 숨어 살고 있는 것이리라

# 훔볼트오징어

짬뽕에 들어간 오징어는 그 오징어가 아닌
어마무시한 훔볼트오징어였으매
낙지, 주꾸미, 문어, 여러 흡반들이 뒤섞인 짬뽕에서
오징어만을 골라 건져놓던 사람들은
훔볼트오징어가
사람보다 훨씬 크고 굉장히 공격적이며
때로는 잠수장비도 벗겨 사람도 뜯어 먹고
궁하면 지들끼리도 뜯어 먹는다는 사실을
왠지 께름직한 느낌만으로 이미 알고 있었으매
그 오징어 아닌 오징어를
단무지 옆에 차곡차곡 건져놓았으리라

# 해마

말을 닮지도 않은 물고기에
해마(海馬)라는 이름을 왜 붙였을까
?
생긴 모양새도 물음표를 닮은 해마

반어인가?
성찰인가?

해마가 사는 나라에서는
동화가 쓰이고 있나
?
색소폰은 연주되고 있나
?

의문스런 꼬리로 대롱 잎 붙들고
대롱 입으로 먹이 빨며
바다를 달리는 말
해마
?

# 공작갯가재

태양이 물고기 비늘 하나하나마다에
무지개 새겨놓은 바다
그 형광의 빛 속에서
공작갯가재는
울창한 산호 숲의 화려한 꽃잎으로 몸단장하고
환호로 너울거리는 물풀 바라본다

그것도 한때
은퇴를 맞은 권투왕은 글로브를 벗고
녹아내리는 바위의 링을 떠난다
파란 망토의 침잠 속에서
뼈만 남은 주먹이 제 주먹을 깨고
눈알이 눈알 속으로 흘러내리고
꽃잎들이 제 몸을 떠나는 것을 지켜보며

# 공작

공작새가 움직임 따라 시선 맞추는 것은
우아하고 화려한 깃털을 뽐내려고 가 아니고
화가나서 도 아니고
나한테 구애하느라 도 아니고
제 추한 엉덩이 감추기 위해서다

깃털 꽂은 공작부인이 가면을 쓰고
뜨거운 욕정의 바람을 폭넓은 치마 속에 감추고
가면무도회장을 휩쓸고 다녔듯이

펼치지 않았다면 가릴 것도 없었을 궁전
공작새는 잠시도 가만있질 못하고
부지런히 안절부절 옆걸음으로만 움직이며
비루한 화려함의 허구적 슬픔을 보여준다

침실은 동물원 문이 닫혀야 열린다
깃털에 새겨진 눈 똥그란 눈알들
철망으로 둘러선 많은 사람들이
공작의 환상적인 몸놀림에 연신 감탄한다

# 금조

일명 큰거문고새는 가락을 안다기보다는
꽁지깃 모양 때문에 붙여진 이름이지만
그만의 특별한 재주는 성대모사에 있다.
다른 새들의 소리뿐 아니라
전기드릴 소리, 카메라셔터 소리, 망치질 소리, 사이렌
소리, 전기톱 소리……
숲에서 들려오는 이런 이상한 소리들을
금조는 완벽하게 재생시킨다.

숲속에서
만약에 당신이 벌건 사랑을 나누었다면
사랑을 나눌 때의 그 신체적, 언어적, 그리고
자극적 무의식의 야릇한 신음 소리는
목격자인 금조가 죽을 때까지
숲 전체에 울려 퍼질지 모른다.
금조를 잡아다 동물원에 가둬놓으면
동물원엔 밤낮으로 거문고 소리 울려 퍼질지 모른다.
신음 소리에 섞인 이름도 화끈거릴지 모른다.
고의도 악의도 없지만,

공동화장실 벽에 쓰인 낙서를 통해 우리는
광수가 은주를 사랑한다는 사실을 확인하지만,
지워지지 않는, 치매 없는 금조에게 들려온 사랑은
황홀했던 사랑의 노역 뒤에 따라오는
사랑 없는 노역의 잔향으로만 남아
당신을 퍼득퍼득 쫓아다닐지도 모른다.

그러그러해서 우리가 숲에 들어설 때에는
단정한 마음을 지녀야 하고
뒤가 구린 연유로
숲의 생명을 데려와서도 안 되는 것이다.

# 고릴라

그동안 인간들은
동물들의 의식을 부정하기 위해서
얼마나 애써왔던가.
　　　　　　　　　—실뱅 테송

숲의 품을 잃어버린

동물원 고릴라와

동물원 사육사가 나누었다는 얘기

　　　—새끼를 갖고 싶다

　　　—같이 있는 수컷 고릴라는 싫어?

　　　—걔는 내 동생이다

수화로 2천 단어를 표현할 줄 알았다던

고릴라 코코 얘기

같이 있는 수컷과는 혈연관계는 아니지만

어려서부터 같이 자란 친동생 같은 관계였다던 얘기


동물원을 찾은 아이가 난간에 매달려

한 손으로 뺨 긁는 흉내를 내던 것처럼

고릴라에 대해 잘 알지도 못하면서

킹콩의 슬픔 정도만 이해하면서

84

내 안의 나는 여전히 서커스 행차를 쫓아다니면서
은둔의 삶을 살아본 적도 없으면서


나는 다만 도토리가 감춰놓은 다람쥐에 대해
바위 밑에 모여든 물고기에 대해
논두렁 둑으로 들어간 새에 대해
냇물에 반짝이던 수달에 대해서만
조금 알고 있다
나는 내가 모른다는 것을 조금 알고 있을 뿐이지
고릴라의 답답한 가슴에 대해서는 잘 알지도 못하면서


질병본부의 발표 내용을 수화로 전달하는
고릴라 표정의 통역사를 뚫어지게 쳐다보면서

# 얼룩말

실어증 환자는 거울 바라보며 자기 말소리에 귀 기울인다.

환자는 말을 아끼면서 병세만 더욱 깊어진다.

얼룩말을 가축화하는 데 성공했다면 아프리카는 아마도 기마민족의 땅이 되었을 것이다―말 생각해보니 얼룩말 타고 찍은 기념사진 한 장 본 적 없다.

얼룩말은 흰 바탕에 검은 무늬인가 검은 바탕에 흰 무늬인가―후자라고는 하지만 그건 얼룩말이나 나나 골똘할 이유가 전혀 없는 말이고,

얼룩말의 줄무늬는 왜 생기게 되었을까―말을 좋아하는 말 많은 학자들은, 나무 그림자 아래에서 위장술을 제공한다, 포식자의 눈에 한 개체의 시작과 끝을 구분할 수 없게 한다, 몸의 열을 식히는 효과가 있다, 줄무늬는 모두 같지 않기 때문에 서로를 구별케 한다, 그리고 최근의 학자가 웅얼대는 말은, 줄무늬가 체체파리 같은 곤충을 쫓는다, 가설의 무료한 말들이 다 맞고 다 틀린 말일 수도 있지만,

말 못하는 짐승도⋯⋯ 말 못하는 것이 아니라 우리가 그들의 말을 못 알아듣는 것이고,

말 중에도⋯⋯ 미친 여자가 미친 듯이 내뱉는 말 중에도 깜짝 놀랄 만한 말이 있고,

말을 안 해도⋯⋯ 전해지는 숲의 마음과 대지의 고개 숙인 침묵을 알아듣는 실어증 환자도 있다.

문명으로 얼룩지지 않은 아프리카 초원에는 얼룩말이 살고 있다.

# 아프리카들개

회의를 거쳐 사냥에 나선다는 들개 무리
재채기하면 찬성 표시다

여기서 당신은 손을 번쩍 들고
말 같지도 않은 그런 말을 무슨 근거로 하느냐
들개는 사람도 아닌 짐승인데
의견을 표시한다는 것도 그렇고
더구나 다수의 재채기로 사냥을 결정한다는 게
그게 말이 되느냐
그럼 무리가 감기에 걸렸다면 어떻게 되는 거냐
따지고 들고 싶겠지만
출처는 연구된 발표를 근거한 『내셔널지오그래픽』이고
나는 그들의 대변인도 아니며 능력도 없을뿐더러
우리 세기의 무지와 잔혹성을 번역해온 것도 아니고

나는 그들이 부족 간의 갈등에서도
추장의 전령은 해하지 않는다는 원칙
등의 가능성 발언도 여기서는 하지 않겠다
그런데 내가 어째서 그래야만 하지?

# 누

메마른 땅을 파릇파릇 물들이는 비

어머님이 보시는 일기예보는 일기생중계에 가깝지만
누 떼는 비 내릴 곳 미리 알고
마사이마라 대이동을 시작한다

북미원주민이 기우제를 지내면 반드시 비 내렸다
비 올 때까지 계속했기 때문이다
기상청 같은 실없는 얘기는 아니고
하늘과 대지, 바람과 냇물, 풀잎의 들판에서
누 떼 무리와 함께 살아온, 그들이 곧 자연이었기에

마른 풀잎으로 맴도는 주술사의 춤은 목마른 생명들의
고통이었고
그들 또한 그 안에서 의식의 끝을 기다렸다
위대한 정령들의 섬김에서 비롯된 신묘한 능력
모두가 기다리던 비
발굽 아래에서 땅이 천둥소리를 내며
시커먼 먹구름으로 대평원을 몰려가는 누 떼

# 마젤란펭귄

비 한 방울 떨어지지 않는 파타고니아 사막에
마젤란펭귄이 산다
신기루처럼 모래바람 속을 뒤뚱 걸어 다니며
굴 파고 새끼 기르며 산다
사막에 비 내리면
그간의 모든 것 잃어버리겠지만
눈물도 잠기겠지만
지금껏 그런 재앙 없었으니
불덩이 하늘 믿고 산다

어디선 너무 차가워 발등에 알 올려놓지만
여기선 너무 뜨거워 땅속에 알 내려놓는다
남회귀선을 넘나들던 돛은
산맥을 넘어온 건조한 바람의 땅에 정박한다

눈앞의 바다도
펭귄들에게는 너무 멀다

# 돌고래


환각에 빠진 돌고래들
복어로 공놀이하던 돌고래들이
(건드리면 몸을 동그랗게 부풀리는 복어로 공 뺏기 놀
이 하다보면 복어 가시 신경독에 찔려 삐리리해진다. 몰
라서가 아니고 그 상태를 즐기기 위해서 한다)
헤엄도 제대로 치지 못하고 해롱거린다
물뽕 맞은 돌고래들
그 틈에 옆으로 삐져나온 복어
공을 빠르게 가로채 몰고 가던 돌고래도
해롱거린다


놀이는 끝났다
돌고래들이 돌의자에 기대어 하늘 바라보며
바보처럼 헤시시 웃고 있다


알딸딸한 돌고래 무리
공놀이에서 빠져나온 복어도
정신이 하나 없다

# 제왕나비

제왕나비가 세대를 이어가며 대륙을 한 바퀴 돌듯
나도 어디로부터 옮겨왔을 것이고
윤회과정 중의 한 현생일지도 모르지만
원 안에서, 지금의 나는 한 점으로 굴러다닌다.
제왕나비의 날개는 바퀴 우주의 프랙털.

멕시코에서 겨울을 보낸 제왕나비는 알 낳고 죽고
부화한 나비는 캐나다의 여름으로 날개 펴고
나비는 여정 중에 알 낳고 죽고
부화한 나비는 대장정을 이어받고
나비는 그렇게 겨울을 모른 채 날아가고
세대를 이어 본래의 자리로 되돌아온 4대손 나비는
선조들의 땅에서 알 낳고 죽고
다시 봄 오면
새로운 세대로 부화한, 시조로 부활한 제왕나비는
다시 여정을 시작한다.

제왕나비로 우거진 전나무 숲은
세대의 영혼들이 모여드는

세대의 영혼들이 깨어나는
성지
그러나 한 매듭의 생으로는 다가갈 수 없는
순례의 길

계율과도 같은
고난의 길에서도 율법을 지키고 따르는
저 숭고함은 어디서 나온 것일까

하늘의 유목민들이 5천 킬로미터를 날아 도착한
태양력의 10.26~11.2은
멕시코인들이 망자를 기념하는 기간이기도 하여서
그들은 해마다 때맞춰 날아오는 제왕나비를
그들의 조상이라 믿으며
가족들의 영혼이라 믿으며
나비가 내려앉는 오야멜나무를 십자가나무로 부르며
청결과 경건함의 축제로 그들을 초대하니
나무는 첨탑의 상징처럼 가지를 뻗고
나비들은 아침의 나뭇가지에서 부활하여

찬란한 햇살 속으로 날아오른다.

제왕나비에게는 성지이며
원주민들에게는 성역인
그런데 우리에게는 없는
숲
숲은 기필코 경작해야 한다는 의무감에 도끼부터 찾는
우리는 자연과 일치하지 않으니
수많은 나비매듭으로 제 목을 조르고 있으니

새들은 페루에서 소설처럼 죽고
제왕나비는 미국에서 다큐멘터리로 죽는다.

　　미국 중서부의 곡창지대에서 광범위하게 사용되고 있
는 제초제는 제왕나비 애벌레의 유일한 먹이인 박주가리
류 식물에게 치명적이다. 현재 미국에서 재배되는 옥수수
의 89퍼센트와 콩의 94퍼센트가 제초제에 저항성을 지닌
유전자 조작 농작물이기 때문에 농민들은 잡초를 없애기
위해 엄청난 양의 제초제를 살포하고 있다. 1980년대에는

450만 마리 이상이 월동했었으나, 올해 조사된 3만 마리
는 과거에 비하면 0.5퍼센트도 채 되지 않는 것으로 제왕
나비 서부 개체군 생존에 치명적인 상황이 초래될 가능성
이 커졌다.(「북미 종단하는 제왕나비는 왜 사라질까」, 『애
니멀피플』, 2021.4.21. 마용운 객원기자 기사 중에서)


화가의 꿈 때문이었는지
내 아이들은 미술을 전공한다 아마
내 아이의 아이는 천체물리학자가 될지도
내 아이의 아이 아이는 생태철학자가 될지도
그 후손은 음악가가 될지도 모른다
그 후손은 시를 쓰는 열성인자의 아이가 나올지도


나비가 그때까지 날고 있다면
수레가 그때까지 바퀴통의 곡*을 굴리고 있다면
나는 제왕나비 날개에 새겨진 하나의 점.

---

\* 곡(轂) : 수레바퀴 중심의 둥근 나무로서 가운데는 비어 있고 수레의 축이
집중되는 곳.

# 매미

땅과 동일한 색깔의 작업복을 걸친 사람들이
구덩이에서 올라온다.
—토마스 트란스트뢰메르

매미는 5년 매미가 있고, 7년, 13년, 심지어 17년 매미
도 있다. 매미는 소수 해만큼만 땅속에서 살다가 올라온
다. 소수의 주기를 따르면 잡아먹힐 확률이 낮아지기 때
문이다. (애초부터 이 과목은 신청하지 말았어야 했다.)

소수 주기는 포식자들이 풀 수 없는 수학 문제다. 변수
X에 수치를 대입하고 나온 수, 그해에 나무 밑에 가서 어
슬렁거리다 보면 매미 약충들이 슬금슬금 기어 나온다
는, 머 그런 간단한 방정식 문제였다면 정답은 몰살이다.
(여기까지는 그럭저럭.)

불규칙적으로 나타나는 소수의 간격을 표시하는 공식
은 없다. 리만의 가설이 소수 분포에 대한 이론인데, 그
는 이 공식을 내놓고 입증 자료들을 불태워버렸다. 그 뒤
전 세계 천재 수학자들이 가설 증명에 도전했으나 모두
실패하고 말았다. 존 내시는 정신병자가 되었고, 루이 드

브랑주는 수학계를 떠났다. (강의실 뒷문 위치를 다시 확인한다.)

　우주창조에 신이 필요 없다는 것은 수학적으로도 증명 가능하다는 스티븐 호킹 박사의 해법의 시대에, 매미의 소수 비밀은 여전히 풀리지 않는 수수께끼다. 슈퍼컴퓨터로도 찾아지지 않는 거대 소수를 암호로 사용하는 기밀 문명에 이 목록이 공개된다면 큰 혼란이 따른다. 매미가 입 꾹 다물고 있길 바랄 뿐이다. (신발에 발을 꾹.)

　매미와 포식자들 간의 관계는 간략하게 여기까지. 우리는 이제 무더운 여름날 원두막에서 매미 소리 들으며 수박 아삭아삭 베먹던, 본디 자연과의 친밀한 접촉이 있었던 시절로 돌아가는 것이 좋겠다. (듣던 중 가장 반가운 얘기다.)

# 상어

**나**라고 볼 수 없는 지금의 나는
마른 수풀에 뱀 허물 벗어놓듯
게 껍질 갈아입듯
날마다 비듬으로 떨어지고
날마다 새살들이 빈자리를 메우고
많은 노쇠함의 손톱도 머리칼도 심장도 눈알도
기억들도
과거로부터 이어져온 예전서부터의 나를
지금의 **나**라고 볼 수는 없다

어제는 어제의 꽁초가 쌓여 있고
오늘은 오늘의 담배 연기가 재떨이를 채운다
어제의 칠판을 모두 지우는 것부터 시작된 오늘의
지금의 **나**라고 볼 수 있는 것은
검은 필름에 유령처럼 나타난 하얀 두개골
뻥 뚫린 콧구멍 아래 빼곡히 꽂혀 있는
나사로 조여 만든 이빨들
먹는 일에 만큼은 소홀함이 없겠다는
그게 내 거울

거울은 호의적이지 않다
나는 오직 나 자신의 미학적 상(像)에 불과하지만
항상 반대편을 응시하는 모든 거울의 뒷면에는
존재가 의심스런 자아의 침울한 내가 비춰진다

비듬 털듯이
상어는 부러진 이빨들을 계속해서 재생시킨다
비듬을 턴다는 것이
그게 얼마나 어마어마한 일인데
한때 나였던 미혹의 나를 툭툭 털어버린다는 것이
미련도 없이 마음이란 마음도 없이
어깨를 비운다는 것이
그게 얼마나 힘든 순수각성의 진아를 찾는 길인데

백묵 가루는 하얗게 날리고
상어 이빨은 뿌리째 발아하고
나는 내가 걸치고 있는 옷에 불과한
빨랫줄에 널어놓고 두들겨 패도 션찮을
나 내일은 AS 받으러 가는 날

# 곰

양말에 붙은 도깨비바늘 뜯어내다 든 생각
  　내 수호동물은 누굴까
검색창 문을 열고 허깨비 방에 들어간다.

　당신의 수호동물은 무엇일까요.

　수호동물은 우리의 삶에서 추구하는 의미와 우리 몸속에 깊숙이 자리 잡은 지혜, 그리고 우리의 꿈을 지키고 이룰 수 있는 힘을 나타냅니다. 당신만의 수호령을 찾아가는 과정은 당신의 내적 힘의 진정한 원천을 찾는 과정이며 마치 여행과 같을 것이랍니다. 당신의 수호동물은 근처를 맴돌며 비밀스럽게 당신을 수호할 것입니다. 당신만의 수호동물을 찾아 힘을 얻고 수호를 받으세요! 당신의 수호령은 도대체 무엇일까요? 어서 테스트해보세요!

　테스트 시작

　아래 중 당신이 가장 좋아하는 자연 요소는?

　공기 흙 불 물 우주 나무

　(테스트 첫 질문부터 난제다. 하나만 고르라는데……
'우주'로 들어가본다. 이후 계속 나에 대해 묻고는 있는데,
내가 그걸 알면……)

당신의 수호동물은: **곰**

곰은 힘을 상징하는 토템입니다. 예로부터 가장 강력한 토템 중 하나로 여겨지며 존중 받아온 곰은, 용기가 필요한 사람들에게 역경에 저항하도록 격려합니다. 자연과 긴밀하게 접촉하는 동물로서, 곰은 육체적 정신적으로 당신을 치료할 존재입니다.

다른 방, 아메리카 인디언 동물점에서의 곰

곰의 추천 직업: 선생님, 라이프 멘토, 소설가, 시나리오 작가, 변리사, 통역사 등등

도깨비가 대충 뚝딱 만든
지가 지를 잘 모르는 허깨비의 나

# 전갈

전갈은 늙고 늙어서 이제 더 이상 노래하지 않지만
내 방에 있는, 내게 길들여진 다섯 마리 전갈들은
오래된 시간의 턴테이블 위에서
나를 위해 노래 부른다
전갈들이 밤의 협곡을 기어가는 시간 동안
진공관 안에 사는 발광충들은
한때의 스콜피온스Scorpions 목을 가다듬어주며
나를, 아득한 과거로 데리고 간다

헤어진 적 없는데, 항상 내 곁에 always somewhere 있던
그녀가 없다. 나는 지금도 의아하다 can't explain. 헤어진
적 없는데, 왜 그녀를 항상 꿈속에서만 만나야 하는지.
사랑했고 사랑하는데 still loving you, 나는 남겨져서 I'm
leaving you, 계곡 바람 wind of change 맞으며 걸어가야 하
는지. 무력감 dust in the wind, 남은 삶의 사육 the zoo, 꿈
같았던 시절 holiday, coming home, send me an angel, can't
live without you.

과거의 꿈은 현재를 슬프게 만든다

블랙홀로 빨려 들어가는 전축 바늘
오아시스 레코드의 낡은 라벨
어둔 방에서 선명히 빛나는 발광충
늙은 전갈들의 슬픈 노래

# 전갈

마디 앙상하고 삐걱거리고 이젠 더 이상
모래의 늪으로부터 발을 들어 올릴 수 없으니
등에 업힌 내 새끼 하나씩 꺼내 씹어 먹으며
전갈은, 계속해서 밤의 사막을 걷는다

나 쓰러지면 어차피 살아남지 못할
내 새끼 내가 잡아먹고 내가 살 수 있다면
그렇게라도 몇 마리 살릴 수 있다면
독하게
정말 가슴 찢어지게

엉덩이를 바짝 치켜세운 전갈이
명왕성이 수호성인 하늘 별 전갈이
온몸이 형광으로 빛나는 밤의 전갈이
모래 한 알의 행성에서
모래의 그림자 속을 걸어간다

텔레비전에는 몇 년째 계속
월 만 원의 아프리카 기아들이 출연 중이다

# 타조

알 품기 싫은 타조는
알 품고 있는 타조 둥지에
알 슬쩍 낳고 내뺀다

알 품고 있던 타조는
제 알 바깥쪽으로
내뺀 눔 알 골라 밀어놓고 품는다

그건 네가 저지른 일

품이 모자라
땡볕에 알 익어도
내 알 바 아니다

# 코모도왕도마뱀

외딴섬에서 홀로 살아남은 코모도왕도마뱀은
처녀생식을 선택했다
수컷 없이도 애 낳는 처녀가
무정란의 처녀를 낳기 시작했다
새끼라고 볼 수도 없는 나의 처녀들은
여기저기서 태어나고
그래서 무수히 많은 나만 있을 뿐인
그러면서 나만 홀로 있을 뿐인
코모도 섬의 왕도마뱀에겐 부모가 없다

양심 없는 다윈이
섬 생물지리학자 월리스의 업적을 가로채서
나는 '자연선택'으로 진화하고
나 아닌 나는 '점진적 도입'으로 도태시켰듯이

코모도 섬에서는 오늘도
살아남은 내가 나를 낳고
낳은 내가 나를 낳고 낳고
낳고 낳은 내가 나를 낳고 낳고 낳고

섬에서는 그렇게 나만 산다
섬에서는 그렇게 나들만 산다
섬에서는 어디서나 나를 만나고
섬에서는 어디서나 나를 바라보고
섬에서는 어디서나 나를 부딪치고
섬에서는 어디서나 나를 외면하고
그렇게 한 2억년 살다 보니 지루하고 심심해서
나 같으면 떠날 궁리나 하고 있을 텐데
섬에서는 나 같지 않은 나들이 오늘도
나를 낳고 낳고 낳고 낳고 낳고 낳고

# 홍학

다 똑같아 보이는 50만 마리의 홍학이
같은 시기에
다 똑같아 보이는 50만 마리의 새끼 홍학을 낳고
민물로 날아가 몸 추스르는 동안

목에서 쏟아진 피 같은 빨간 젖 받아먹고
붉게 자란 새끼 홍학이
같은 시기에 무리를 이뤄
먼 길의 어미 찾아 소금밭 뛰어가고

다 똑같아 보이는 50만 마리의 홍학이
다 똑같아 보이는 50만 마리의 홍학 중에서
내 새끼 어떻게 찾아낼까
내 어미 어떻게 찾아낼까

깃털도 붉게, 눈알도 붉게 변한 홍학이
홍학 눈으로 보기에
인간들이 떼 지어 홀딱 벗고 뛰어가면
다 똑같아 보일까?

찾을 수 있을까?

이 현실, 위기, 슬픔, 절망을 다 똑같이 느끼며

붉고 붉게 긴장하며

파란색

지켜낼 수 있을까?


미래?

허공에 팔을 허우적대는 프레디독의 도둑맞은 미래?

구멍이란 구멍은 죄다 들여다보는 족제비의 고갈된 미래?

울지 않는 늑대의 침묵의 미래?

사람을 몰라봐서 멸종된 도도의 오래된 미래?

검은 눈물의 강으로 말라버린 치타의 잊혀진 미래?

오늘의 미래인 내일이 오늘내일

오늘내일한다면 그건 별로 좋지 않은 상태

미래는 왜 바람 불면 부는 대로 하늘 한구석에서 펄럭이는 나비의 만사태평한 미래로 그려지지 않고 이렇게 불길하게만 열거될까.

# 색줄멸

파도를 타고
해안으로 쓸려 올라와
모래에 알 낳고

파도를 타고
바다로 쓸려 나가는
**은띠색줄멸치** 떼
(사람들은 뭐가 그리들 바빠서 글자를 줄여가며
알아들을 수 없는 이상한 말들을 만들어낼까)

파도는 바다와 뭍의 경계선
넘나들긴 하지만
비무장지대 표시가 없다

구케의원들은 쓸데없는 짓들 말고
이곳을
갈매기비행금지구역으로
지정하라! 지정하라!

# 미어캣

팔이 짧아 사타구니까지는 다 가리지 못한
미어캣이
모래언덕에 발딱 서서 하늘 본다
한 점 부끄럼 없다는 말은
이럴 때 쓰는 말

# 라마

마조 선사였어도 능히 그러고도 남았겠지만
고지대 초원에서 풀 뜯고 살아가는 라마는
주인 얼굴에 침을 곧잘 뱉는다고 한다.

"소가 끄는 수레가 가지 않을 적에는 수레를 쳐야 하는
가, 소를 채찍질해야 하는가"
마조의 스승 회양이 한 얘기지만
안데스산맥을 등짐 지고 다니는 라마가 들었더라면
"웃기고들 있네" 짐 내팽겨쳤을지도 모른다.

등은봉 스님이 흙 수레 미는데 마조가 다리를 쭉 펴고
길바닥에 앉아 있었다. "스님 다리 좀 오므리세요" "이미
폈으니 오므릴 수 없네" "이미 가고 있으니 물러나지 못합
니다" 수레는 마조의 다리를 밟고 넘어갔다. 법당으로 돌
아온 마조가 도끼를 집어 들고 "조금 전에 바퀴를 굴려 내
다리 다치게 한 놈 나오너라!" 이에 등은봉 스님이 나와
목을 쭉 내밀자 마조는 도끼를 치웠다.
라마가 이 얘기 들었더라면
"귀엽게 잘들 놀고 있네" 윗입술 벌렁거렸을지도 모른다.

자비로운 관세음보살의 화현으로 여겨지며
지혜를 가진 스승이란 뜻의 티베트 달라이 라마는
안데스 라마가 똥물을 튀겨도 그러려니 하겠지만

쏟아낸 많은 말들을 한마디로 요약시킨 가래침을
밤새 드럽게 돌아다닌 내 역마살에다 껄쭉하게 뱉고
'아마 다른 사람들도, 다른 곳에서, 비슷한 짓을 하겠지'
하이네 시인의 위로도 있었고
덕산 스님과 노파의 일화도 되새김질할 만하니
점심 없는 훤한 대낮의 이불을 확 뒤집어쓴다.

# 가시왕관불가사리

천적 없는 상위포식자들의 천적은 대개 같은 종이다
같은 극의 막대자석이 그렇듯
악어의 천적은 악어고
들개의 천적은 들개고
사자의 천적은 사자다
그늘 없는 세렝게티 초원
눈을 반쯤 감았다면 눈을 반쯤 뜬 것이겠지만
눈 꼭 감고
자는 내내 실눈도 안 뜨고
배 뒤집고 낮잠 자는 사자는 두려움이
없다

불가사리 중에서도 가장 무지막지한 종은
덩치 큰 가시왕관불가사리다
고난의 시대를 무겁게 걸어갔던 예수도 아닌 것이
가시왕관을 쓰고
산호의 정원을 초토화시킨다
황제의 로마병정들이 지도를 밟고 다니던 시대에도
바닷속 동화 나라에서 벌목의 도낏자루를 휘두르던

가시왕관불가사리의 천적은
없다

포박도 없다
응징의 형벌로 사지를 묶어놓고 찢어놓아도
소용이 없다
찢어진 만큼 폭군만 늘어나고
빌붙은 폭도들의 군화 켤레만 늘어난다
어떤 쇠사슬과 자물쇠로도 묶어놓지 못했던
탈출 마술의 대가 후디니 씨도
죽음으로부터는 탈출 못하고 맞아 죽었지만
포로는 없고 간수만 있을 뿐인
바다 사막의 처형장 형무소에서
가시왕관불가사리에게 대들 불가사리라고는
없다

햇볕에 바짝 마른 불가사리는 표창 던지듯
지구 자석의 하늘로 날려버린다
하지만 가시를 뒤집어쓴 가시왕관불가사리로는

부메랑 날리지 않는다
날아가지도 않을뿐더러 되돌아오지도 않는다
설령 어떤 모험심의 발로에서 날렸다 쳐도
그래서 신대륙의 바위섬까지 날아갔나 쳐도
누가 피 흘려가며
그따구 놀이에서 비롯된 고통을 계속하겠는가
가시왕관불가사리는 죽어서도 천적이
없다

# 산호

달은 지구의 머리
태양은 지구의 눈
산은 지구의 가슴
구름은 지구의 팔
바람은 지구의 머리칼
강은 지구의 혈관
나무는 지구의 솜털
들판은 지구의 허리
섬은 지구의 배꼽
바다는 지구의 다리
그리고 산호는
갖가지 영롱한 무늬 색으로
가이아 행성의 거시기를 감싸주는
지구의 빤쓰

지표면의 3/4은 바다
인체의 3/4은 물
허리둘레가 키의 3/4이 넘어가면
빤쓰는 저절로 흘러내린다

# 성게

또한 산호바다의 오색을
돌가루 사막으로 허옇게 갈아엎는
성게
관을 끌고 다니는 성게

어부들은 일 년에 한 번 바다에서 의식을 치른다
풍어제는 아니다, 상어 끌어올린 후
목구멍에 성게를 쑤셔 넣고 바다로 돌려보낸다
주둥이를 바닥에 처박고 몸부림치다
상어는 꼿꼿하게 선 채로 죽는다
한두 마리가 아니다
사연은 제각각이겠으나
분풀이 어부들의 말뚝 처형을
바다는 고통스럽게 끌어안는다
죽음과의 숨 막히는 포옹
슬픔은 촘촘히 기억되는 법이다

밤톨머리 중학생 아이들에게 선생님은 무슨 생각으로
온통 잔혹한 행위들과 기괴한 죽음뿐인

「아프리카 몬도가네」 영화를 단체관람시켰을까
(세상은 들판의 꽃들로만 가득하지 않다는 것
인간 양면성에 대한 사전 수업이었겠지)
악어를 통째로 구워 뜯어 먹던
앞뒤 명암이 뚜렷했던 손이
지금도 내 머리를 쓰다듬는 것 같다


밤송이 까면 탱탱한 가을 튀어나오고
성게 까면 고름 같은 누런 알들이 흘러나온다

# 벌꿀오소리

성질 더럽고 사납기로 소문난 벌꿀오소리가
세상에서 제일 겁 없는 동물로 기네스북에 올랐다지
「부시맨」 영화에도 출연했지
영사기 불빛이 비춰주는 먼지입자의 황야
흙먼지 덮인 축 처진 신발에 재수 없게 채여
치민 화를 끌고 죽어라 신발 쫓아가서 깨물긴 했는데
신발은 자꾸만 걸어가고
깨문 채로 죽어라 반나절 질질 끌려가다가 신발은 맨
발 벗어주고 갔는데
화난 개가 입에 문 쥐를 격하게 흔들듯이
신발 찢어발기며
또 반나절을 땡볕에 질질 끌려가던
벌꿀오소리
걔는 나름 귀여운 애였지만
황야의 벌꿀오소리는 겁이 없어
대형 초식동물들도 두려워하고
(성질나면 생식기를 물어뜯기에)
맹독의 코브라도 두려워하고
(기절하면서도 깨문 입 놓지 않기에)

벌들도 벌벌 떨지
(아무리 떼침을 쏴도 먹을 건 먹기에)

기네스북에 올랐다지, 깡다구 하나로
물고 뜯고 돌아다닌다지
몸 사리지 않는다는 게 가장 겁나는 거지
뒷일을 생각지 않지
나도 가끔 그럴 때가 있긴 한데
무례와 불의와 이기에 대항하여 처절하게 싸우지
다시는 그런 일이 없도록 신발 찢어발기지
그런데 문제는 그 멋지고 용감한 주먹이
머릿속에서만 날아다닌다는 거지
그랬으면 좋겠다는 거지
거지발싸개 같은 나는 그런 나약한 마음의 실체여서
실제로는 아무 일도 벌어지지 않았고
뭐라고 하는 사람도 없었고
내가 해낸 장한 일은 나만 알고 있지
아무 일도 없었지
나하고 벌꿀오소리는 너무도 비교되지

# 혹등고래

혹등고래가 쳐놓은 그물은
공기방울
물을 떠나면 사라지는 거품

물고기들에게 물 밖은
낭떠러지
물을 떠나면 추락하는 절벽

밖에서 보면
거품도 알겠고
절벽도 알겠는데

갈기 달린 폭포를 앞에 세워두고
흰 말의 고백을
고래고래 외칠 수도 있겠는데

허상에 이끌려
허망하게
허겁지겁 헤엄치다 보니

거품방울로
흔들거리는
눈알

# 군대개미

앞을 거의 보지 못하는 군대개미는
앞선 개미 냄새 따라 행군한다
병사들의 좋지 않은 시력이 이 군대의 강점이다
옆눈질 없이
무리이탈 없이
부대는 전진한다
말이 필요 없다

길 앞에서 꿈지락거리는 것들은 모두 해체되고
뜯겨나가는 고통도 그리 오래는 아니고
(고통은 안개의 입김만큼 너무도 방대해서
누구의 비명이었는지 분간할 수도 없고
구세군 냄비로 딸랑거리지도 않고
모자에 달린 방울로 머리에서 어질한 종소리 울리며
한 번도 끊어진 적 없는 줄 뒤에 서서
제단을 향해 걸어가는 면사포를 쓰고
내 차례쯤에서는 장단지가 일렬로 뻑뻑하고)
포로가 있을 수 없고
개미핥기도 비켜서고

숲을 압도하며
제국의 행렬은 줄지어 간다


제 냄새를 따라 같은 길을 돌게 된
개미 한 마리로 인해
무리 전체가 소용돌이 돌기 시작했다
와중에도 혼란은 없고
같은 길의 의구심도 없다
돌면 도는 것이다
이번 원정이 좀 고될 뿐이다


저마다 도려낸 전리품을 번쩍 들고
저승의 공물을 치켜들고
길의 끝이 한곳을 향한 길을
줄지어
군대개미는 돌고 돈다
돌면 도는 것이다
말이 필요 없다

# 호랑이


지렁이가 물고기를 잡아먹었다
왜?
그건 악어거북의 미끼였으니까

낙엽이 진드기를 빨아먹었다
왜?
그건 낙엽카멜레온이었으까

나뭇가지가 나뭇잎을 갉아먹었다
왜?
그건 대벌레였으니까

사자가 하이에나를 죽이기만 했다
왜?
웬수니까

개구리가 뱀을 깨물었다
왜?
기분 나빠서

표범이 새끼 원숭이를 품었다
왜?
당황해서

사마귀가 사마귀를 씹어먹었다
왜?
허기져서

코끼리가 코뿔소 등을 부러트렸다
왜?
외로워서

이슬이 바다를 삼켰다
왜?
원래 그러니까

호랑이가 사람을 찢어놓았다
왜?
그건 밀렵꾼이었으니까

# 사람

향유고래의 똥 용현향
똥은 무지무지 비싸다
고급 향수 재료로 쓰이기 때문이라는데
바다에서 떠밀려 온 이 똥 덩어리 하나
운 좋게 건져서 내다팔면 팔자 고치고
물고기 잡으러 파도 헤치지 않아도 되고
무등 태워 바닷가 시간을 거닐 수도 있다
포대기에 둘러 업힌 아이의 어릴 적 추억은
똥 한 덩어리에 대롱 매달려 있다.

동물원의 동물들이 집단 난투극 벌일 때
호랑이 똥 갖다놓으면 아주 조용해진다는데
똥이 가진 위력 때문이고,
자신의 퀴퀴한 분비물 냄새를 감추기 위해
사향고양이 항문분비선향과 사향사슴향, 비버향 등을
몸에 뿌리고
똥내 향기의 숲에서 살아가는 사람들이
어쩌다 향유고래 똥 냄새 맡게 되면
킁킁 주변을 둘러보게 되는데

똥이 풍긴 우아함 때문이고,
숨바꼭질하다가 배추흰나비 배추밭으로 기어 들어가
못 찾겠다 꾀꼬리 울 때까지
꼼짝없이 인분 냄새 들이켜다가
저녁상 자리에 앉아서 되게 혼나던 것은
똥이 내린 벌 때문이다.

똥도 다 같은 똥이 아닐진대
구리고 역하고 고약한 것으로 치자면
향유고래, 호랑이, 사람,
그중에 제일은 사람이라.

# 사람

사과 꽃 하얀 원피스의 그녀는
한 광주리 사과를 옆구리에 끼고
달콤한 사과 향 날리며
가을 곁을 지나간다
목욕탕에서 방금 나온 듯한
발그레한 사과 볼의 그녀

# 검은과부거미

허기 때문만은 아니고
나른함 때문만도 아니고
뭐 때문인지는 모르겠으나 하여간
관계 후에 담배 빨아 물듯
검은과부거미는
나를 잡아먹은 그놈을
그 자리서 쪽쪽 빨아먹고
과부로 산다
(왜 그런지는 잘하면 알 것도 같다)

엎드린 채로
몇 천 년 동안을 꼼짝도 않고
무엇을 기다리고 있는지도 모르겠는
큰 궁뎅이 과부거미는
검은 돌들의 나스카 평원에도
펼쳐져 있다
(이건 끌로 파도 모르겠다)

# 도마뱀

나스카문명 지상화의 도마뱀은 반으로 잘렸다
꼬리를 자르고 길이 났다
천년 동안 비 내리지 않았던 나스카 평원의
이슬방울의 악어, 도마뱀의
저 도마뱀의 꼬리는
천만년이 지나도 다시 자라 나오지 않을 것이다

내 서랍의 X-파일을 연다

단절된 문명들—테오티와칸, 데린쿠유, 삭사이와만,
페트라, 치첸이트사, 티아우아나코, 모헨조다로, 올멕,
차탈회위크, 에트루리아, 낙쉐러스탐, 헤라클레이온……

남아 있는 흔적들—지구는 지금까지 한 번도 죽어본
적 없다. 그간 다섯 번의 지구대멸종에도 살아남은 생명
체들이 있었고, 없었다 해도 지구는 그대로의 지구다. 화
성도 여전히 화성이다. 때문에 어쩌다 들려오는 '지구를
살리자'는 구호에는 공감이 가질 않는다. '저 좀 살려주
세요'가 솔직한 말이다.

죽음과의 연관성—따뜻하게 쓸 수도 있는 말들을 때로 험악하게, 비아냥거리며, 슬프게, 낭비하며, 번개 같은 말들을, 시를 쓰는, 이 열망은 어디서 왔을까, 자연의 생명들이 제명대로 살다가 죽었다면, 그게 과거진행의 미래라면, 이런 글은 없었겠고, 그건 신나는 일이지만, 지켜볼 죽음이 모두에게 동시에 들이닥칠 죽음이기에, 곡할 사람 없기에, 곡할 노릇이기에, 내 죽음을 놓고 내가 조문하며, 그것까지도 그간의 만행에 대한 업으로 받아들인다 쳐도, 사랑하는 모든 것들이 한순간에 사라져버릴 것이기 때문에, 그건 너무도 슬프고 미안하기 때문에, 죽음으로도 용서받지 못할 것이기 때문에, 그래서 만약에 누군가가 내 책을 읽고, 아궁이 불쏘시개로 집어넣고 신생의 구들장 데워준다면, 지렁이 한 마리 그대로 냅둔다면, 나 좀 살려준다면, 그리하여 마침내 반딧불이 오두막에 모여 앉아 풀벌레 소리 들으며 희희덕댈 수 있다면, 나는 아마 건너편 강변의 나무들 뒤에서 나무를 끌어안고, 소리 내어 펑펑 울고 있겠지. 당신도 같은 생각을 하며, 북받쳐서, 주먹으로 눈물 훔치고 있겠지.

# 갈라파고스땅거북

들소 떼들이 대륙을 이주하며
발굽지진의 굉음을 일으키는 동안
빗해파리가 빛의 음악을 연주하는 동안
앵무조개가 휘파람 부는 동안
하마가 문지방을 박차고 뛰쳐나오는 동안
스라소니가 불꽃 속으로 사그라지는 동안
낙타가 눈 쌓인 사막을 바라보는 동안
농게가 엿장수 가위 흔드는 동안
몽구스가 패싸움하는 동안
아프리카들개가 재채기하는 동안
돌고래가 공놀이하는 동안
전갈이 모래 그늘 속을 걸어가는 동안
홍학이 붉게 물드는 동안
미어캣이 발딱 서서 지켜보는 동안
라마가 침 뱉는 동안
벌꿀오소리가 신발에 끌려가는 동안
혹등고래가 거품 그물을 치는 동안
검은과부거미가 담배 피우는 동안

갈라파고스땅거북은
한 이백 년 동안 풀만 뜯으며
대장정의 장엄한 길을 홀로 나선다
느리게
먼지 없이
아주 조용하게

# 카멜레온

나뭇가지를 흔드는 바람의 색

**생태환경 길앞잡이 글**

동물이 인간을 위해 존재해야 하는
생명체가 아니다 _최성각
생존을 위한 생태 감수성 _박병상
생명을 아끼는 마음 _권오길

**시집 동물 보탬 글**

# 동물이 인간을 위해 존재해야 하는 생명체가 아니다

## 최성각

소설가 · 환경운동가

코로나19로 세상이 난리다. 본래 세상일에 둔감하고 유행에 무신경한 편인 나는 내 본성대로 처음엔 이 역병에 둔감했고, 사람들의 불안과 과도한 공포를 약간은 비웃기조차 했다. 일어날 일이 일어났다는 생각에서였다. 환경운동가는 글쟁이로서 '지금처럼 살면' 언젠가 역병의 도래에 맞닥뜨릴 것이라는 글도 주야장창 써왔지만 그것은 습관이 된 우려였던 것 같다. 그렇지만, 걷잡을 수 없는 인간의 무례를 지켜보면서 어쩌면 인류는 그 탐욕과 살아 있는 존재에 대한 무자비한 폭력성으로 인해 반드시 벌을 받을 것이라는 불길한 예감은 늘 있었다. 그러다가 정작 팬데믹에 닥치자 내 예측은 '좀 다르게 살자'는 반성을 강조한 것이었지, 역병을 기다렸던 것은 아니었다는 것을 알게 되었다. 보통 사람일 뿐인 내가 무슨 자격으로 인간의 탐욕을 비판하기 위해 역병을 기다릴 수 있단 말인가.

2020년 겨울에 접어들자 'K-방역'을 자랑하던 우리나라도 이제 '팬데믹'이라고 불러도 될 걷잡을 수 없는 흐름 속에 들어가버렸다. 그런데도 코로나19로 인해 얻은 과외의 소득도 있다는 설도 있다.

무슨 일이 터지면 곧바로 책 한 권을 쏟아내는 성질머리 급한 대중철학자 슬라보예 지젝은 '팬데믹'으로 얻게 된 이점도 있다는 어떤 이의 견해를 자신의 책 『팬데믹 패닉』에 인용했다.

환경자원경제학자 마셜 버크는 열악한 대기질과 그 공기를 호흡함으로써 발생하는 조기사망 간의 연관성이 입증되었다고 말한다. 그는 "이를 고려했을 때 떠오르는 자연스러운—이 표현은 여러모로 이상하지만—의문은 코로나19가 불러온 경제적 혼란으로 인해 공해가 줄어드는 바람에 구하게 된 목숨들이 바이러스 자체로 인한 사망자들을 능가하는지 여부"라고 말한다. "아무리 줄여 추정해보아도 내 생각에 그 대답은 분명 '그렇다'다." 그는 단 두 달 동안의 오염 감소

만으로도 중국에서만 5세 이하 어린이 4,000명의 목숨과 70세 이상 성인 7만 3,000명의 생명을 구한 것으로 볼 수 있다고 말한다.(강우성 옮김, 북하우스, 2020, 113쪽)

팬데믹으로 침체된 경제 때문에 대기오염이 줄었는데, 줄지 않았더라면 사망했을 인명이 팬데믹 때문에 덜 사망했다는 이야기다. 역병은 아직 사그라들고 있지 않지만, 적잖은 이들이 팬데믹 공포 속에서도 미세먼지가 덜 엄습하니까 그것은 그것대로 반갑고 살 만하다고 술회하곤 했다. 나 또한 금년 봄에 미세먼지 걱정 안 하고 살면서, 그렇다고 팬데믹이 더 확산되기를 바라지는 않았지만, 어쩌면 이 역병으로 인해 우리가 '다른 사회', '다른 삶'으로 이행하게 될지도 모른다는 실낱같은 기대를 품은 적이 있다.

팬데믹으로 혜택을 본 것은 다소 나아진 공기질뿐만은 아니다. 화천 가는 길목의 시골에 사는 나 역시도 한 가지 다행인 소식을 접하게 되었으니, 화천 산천어축제가 죽을 쒔다는 뉴스였다. 금년 초 역병 발발로 인해 산천어 사냥에 몰려오던 관광객이 줄어들자 물고기를 화천군에 팔아넘기던 양식업자들이 거의 울 것 같은 얼굴로 하얀 배를 하늘에 드러낸 쓰레기가 된 산천어를 삽으로 트럭에 퍼담는 뉴스를 본 기억이 난다.

산천어축제로 인해 기대되고 유지되던 경제가 위축되고, 그 축제에 관련된 수많은 서민들의 갑작스러운 경제적 어려움을 생각하면 마음 아프고 우울한 소식인데다, 축제가 위기에 처한 마당에 이런 말을 한다는 게 상당히 조심스럽긴 하지만, 그 축제를 몹시 불편하게 바라보던 시각도 있다는 것을 말하고 싶다.

대한민국에서 가장 성공한 겨울 축제라는 견고한 명성은 물론이고, 세계적인 겨울 축제로서 연인원 몇 백만 명이 몰려드는 '화천 산천어축제'에 동원된 수사는 현란하고 눈부셨다. 굶긴 산천어 수천 마리를 가둬놓고 갖가지 방식으로 물고기 학살을 하면서 거기에 '생태 축제'라는 말도 덧붙였다. 맨손으로 잡아서 생태적이라는 뜻이었을까? 물고기를 입에 물고 난리법석을 피워서 친환경적이라는 뜻이었을까?

"살아 있는 산천어를 얼음판 아래 가둬놓고 유희처럼 잡아 죽이는 것은 축제가 아니다"라는 글도 여러 번 썼고, 축제 즈음에는 축제 담당자에게 전화를 걸어서 "정히 지역 경제 때문에 축제를 지속해야 한다면, 축제 시작하는 날 산천어 위령제라도 지내고 하면 어떻겠냐?"며 그 위령문의 내용까지 제안한 적도 있다. 지난해엔 동물보호단체에서 데모를 한다기에 거기에 머릿수 하나라도 보태려고 부리나케 화천으로 달려갔던 적도 있었다. 데모는 약속 시간에 성공적으로 이뤄질 수가 없었다. 산천어축제 현장에서 그것을 반대하는 의사를 표현하는 일은 로마의 원형경기장에서 검투사가 황제에게 창을 던지는 일보다 더 위험천만한 일이었다. 그곳 물고기 학살장의 열기와 보통 사람들의 흥분이 그렇다는 이야기다. 듣기로 한번은 어떤 스님이 살상에 대해 비판적인 말을 했다가 봉변을 당한 적도 있었던 모양이다. 환경부장관도 취임하자마자 그 축제에 대한 다소 부정적인 개인적 소회를 밝혔다가 군민들의 거친 항의에 직면해서 사과한 적이 있었다. 화천 산천어축제는 그렇게 오랫동안 일체의 비판이 용인되지 않는 완벽하게 성공한 축제의 상징이었다. 비판 불허의 무기는 경제 논리였다.

무슨 일이었던지 그 축제와 관련해 법정까지 사건이 올라갔었는데, 법정은 화천 군민의 손을 들어주었던 것 같다. 법정의 판단은 언제나 인간중심주의에 바탕하고 있으므로 산천어의 생명 따위에 대해 고명하신 법관들이 고통스러운 마음으로 숙고할 리가 없다. 오래전의 일이라 모두 잊어먹었겠지만, 새만금 갯벌을 메울 때에도 법은 갯벌이 메워지거나 말거나 방조제 건설의 절차만 살펴보았던 기억이 난다. 아직 인류가 확보하지 못한 '야생의 법'이 현실이 되면 모를까, 모든 생명체들의 권리가 존중되기를 바라는 생태론자들은 인간만을 위한 법을 존중하기가 어려울 수밖에 없다.

매년 겨울이면 산천어축제를 알리는 요란한 플래카드

를 보며 그곳 축제장의 물고기 학살을 떠올리면서 살아야 했던 불편이 있었는데, 올겨울에는 그런 플래카드가 안 보인다. 이것을 팬데믹의 순기능이라 말하는 것은 가혹한 해석이지만, 가속되는 기후변화로 앞으로 얼음을 전력(電力)으로 얼리는 일도 쉬운 일이 아닐진대, 그 아름다운 산골짜기가 '죽임의 문화'가 아닌 다른 방식으로 경제적 활로를 찾기를 바라는 마음이 깊다.

그렇다고 나는 모든 종류의 살상을 금지하는 자이나교도도 불자(佛子)도 아니고, 특별히 동물을 사랑하는 별난 사람도 아니다. 여전히 고기를 먹기 때문이다. 그렇다고 동물은 안 먹지만 식물은 먹어도 괜찮다는 채식주의자도 아니다. 학자들에 의하면 식물도 여간 똑똑하지 않다고 한다. 사람의 부족한 관찰 능력 때문이지 식물도 끝없이 운동하고 의지적으로 활동하는 지적 생명체라는 것이 학자들의 견해다.

오스트리아-헝가리 제국의 저명한 식물학자 라울 하인리히 프란체는 20세기 초 "사람은 식물을 관찰하는 데 시간을 들이지 않기 때문에, 식물들이 움직임과 감각 능력이 부족하다고 생각한다"며, "식물은 동물이나 더 숙련된 인간들과 마찬가지로 자유롭고 능숙하며 우아하게 몸을 움직인다"라고 강조했다. 당연히 맨눈으로 식물의 움직임을 관찰하기는 어렵다. 관찰하는 데 걸리는 시간이 너무 길어 인간의 측정 범위에서 완전히 벗어나기 때문이다. 하지만 그들은 분명 움직인다.(오스카르 아란다, 『누가 내 이름을 이렇게 지었어?』, 김유경 옮김, 동녘, 2020, 43쪽)

움직이는 동물을 먹으면 야만이고, 움직이는 게 잘 안 보이는 식물은 괜찮다는 논리는 내게 설득력이 없다. 나는 그저 다른 생명체를 취해야만 존속이 가능한 생명의 생래적 속성을 겸손하게 받아들이면서 고기든 풀이든, 그것을 취할 때 감사하는 마음으로 정중하게 취하는 것이 옳다고 생각하는 부류의 인간일 뿐이다. 먹을 것을 취하는 방식에서 가장 품위 있었던 이들은 아메리카 인디언들이 아니었나 생각한다. 생명체의 부위를 몬도가네식으로 과장한 식당 간판들을 일상처럼 보는 일은 내게 언제나 힘겹다. 어쩌다 텔레비전에서 연예인들이 생물을 갖고 희닥거리하는 것도 참기 힘들 만큼 역겹다. 그런 역겨움과 불편에 대해 생각해보니, 나는 생명을 도구로 유희를 하는 인간에 대해서 그들과 같은 종이라는 데에 깊은 수치심을 느끼는 종류의 사람이라는 것을 알 수 있었다.

사실 동물에 대해서도 나는 잘 알지 못한다. 간디는 동물을 대하는 태도로 한 민족의 정신적 수준을 알 수 있다는 맥락의 말을 한 것으로 기억한다. 이 나라의 동물인식

수준은 바닥이라고 생각한다. 그래서 산천어축제 이야기부터 꺼냈나 보다. 물론 동물 학대는 우리나라뿐 아니다. 쇠뿔에 가연성 물질을 매단 뒤, 불을 붙이고 뜨거워 길길이 날뛰는 소를 바라보며 즐기는 스페인의 '불의 황소' 축제, 아직도 해결 안 된 논란거리를 야기하고 있는 투우, 덴마크의 고래 축제, 소싸움, 닭싸움, 중국의 기이한 식문화 등 인간이 자행하고 있는 동물 학대의 실상을 나열하자면 한도 끝도 없을 것이다. 그럼에도 확실한 한 가지는 '동물이 인간을 위해 존재해야 하는 생명체'가 아니라는 것이다.

사실인지 증명할 재간이야 없지만, 『사람보다 아름다운 영혼을 가진 동물 이야기』(잭 캔필드 외, 푸른숲, 2000)라는 책 제목도 떠오른다. 어떤 형태로든 현대 의학의 도움을 받고 있는 우리 모두는 동물에게 빚을 지고 있다. 실험실에서 애꿎게 죽어가고 있는 동물도 그렇지만, 의약품들을 먼저 동물에게 시험하기 때문이다. 인간에게는 그럴 권리가 있고, 동물에게는 그 부당성을 항거할 권리가 없다는 게 인간의 생각이다. 그뿐인가. 지금 이 순간에도 수많은 종들이 분명한 이유도 없이 인간에 의해 멸종되고 있다. 돈이 된다고 죽이고, 단지 못생겼다는 이유 때문에도 죽였고, 도장을 새기기 위해서도 죽였다. 그뿐인가, 취미나 오락거리로도 죽였다. 지구를 포함해서 '살아 있는 존재들'에게 인간은 너무나 무신경하고 난폭한

짓을 오래도록 해왔다. 반드시 벌을 받을 것 같은 불안감이 늘 있었다. 그리고 마땅히 벌을 받아야 한다고도 생각했다. 코로나19 바이러스는 어쩌면 살아 있는 것들을 너무나 거칠게 대해온 인간종에 대한 자연의 공격을 상징하는 척후병일지도 모른다. 인간이 대처할 유일한 해법은 겨우 백신이다. 그러나 백신은 항구적인 해결책일까? 코로나19 다음의 반격자는 나타나지 않을까? 우리가 저질렀고, 감당해야 할 죄업이 너무나 두텁다.

최계선 시인이 동물시집을 냈다. 나는 시인이 먼저 펴냈던 『동물시편』을 본 적이 있다. 동물의 이름이 곧 시편의 제목인 짧은 시와 수준 높은 세밀화가 기억에 남는다. 인간에게만 통용되는 언어로 시가 구성될진대, 그 시적 대상인 동물에 대한 의인화의 정도가 어느 정도인지 나는 잘 모른다. 동물에게 허락받거나 동의를 구하지 않은 의인화는 사실 위험한 일이다. 하지만, 시인은 이 시집을 묶기 전에 이른바 환경 책, 문명에 관한 책, 동물에 대한 책 수십 권을 두 계절에 걸쳐 두문불출하고 읽고 있다고 말한 적이 있다. 그는 수험생처럼 열심히 생명에 관한 책들을 독파한 뒤에 읽은 책들을 사진 찍어 보내면서 "형, 이 책들을 다 봤어요. 재미있고 새로워요!"라고 말했다. 나는 그때 이 시인이 이쪽 세계에 입문한 것을 진심으로 반기고 환영하면서 말했다. "생명에 대한 사랑이나 생명과

괴를 일삼는 착취 문명에 대한 분노가 없는 시들은 모조리 허튼소리들이야! 나는 그렇게 생각해!"라고 답신했다.

그리고 이 글을 시인에게 보내고 난 뒤에야 이번 시집에 담긴 몇 편 시들을 만날 수 있었는데, 시들은 경쾌하고 유머스러우면서도, 인간과 동물 사이의 심연을 언어로 메꾸려는 노력이 절실하게 느껴졌다. 지질시대 초기부터 기후변화까지 뻗쳐 있는 공간적 상상력은 광대하고, 자연(동물)에 저질러온 인간의 흑역사에 대한 비판이나 야유는 통렬했다. 시편 전체에 깔려 있는 기조는 두말할 것 없이 '있는 그대로' 다른 생명체를 대해야 한다는 사랑의 마음이었다.

참으로 고약한 시대에 발간된 이 특별한 시집 『열마리곰』이 인간이 저지른 죄악에 대한 겸손한 참회로 읽힐 수 있으면 좋겠다.

# 생존을 위한 생태 감수성

박병상

환경운동가 · 인천 도시생태환경연구소 소장

"이제 시인은 어디에서 시를 쓰란 말인가!"16개의 대형 보에 물길이 가로막힌 4대강을 바라보며 생태잡지『녹색평론』 발행인 김종철 선생이 일갈한 적 있다. 자연은 곡선이다. 덕분에 자연에 깃들인 생물들은 다채롭게 자신의 삶을 건강하게 이어간다. 강은 산을 넘지 않고 산은 강의 흐름을 가로막지 않는다. 다른 동물보다 한참 늦게 자연에 등장한 사람은 자연과 멀어지면서 생태 감수성을 잃었다. 이웃에 대한 배려보다 욕심을 키웠다. 이제 자신의 탐욕을 위해 효율화를 외치며 자연에 시멘트를 붓는다. 더 많이 차지하려 자연을 직선으로 바꾸려 든다.

자연에 퍼부은 콘크리트는 얼마나 될까? 지난 100년

동안 사람이 사용한 콘크리트의 총량을 중국은 3년 만에 만든다고 한다. 코로나19는 왜 하필 중국에서 퍼졌을까? 어쩌면 사람보다 먼저 생태계에 들어왔을 코로나바이러스는 박쥐에서 천산갑의 몸으로 옮겨 다니며 이따금 닭과 사람을 감염시켰지만, 독성이 아주 낮아 기억할 필요가 없었을지 모른다. 그런데 콘크리트가 수많은 생물이 다채롭게 생존하는 자연을 직선으로 만들자 무서워졌을지 모른다. 그래서 비행기와 고속도로를 타고 콘크리트로 덮인 세계로 번졌는지 모른다.

100여 년 전 크로포트킨이라는 학자는 겨울이 혹독한 시베리아의 자연을 관찰하고 "만물은 서로 돕는다"고 말했다. 아마존 숲을 오래 연구한 생태학자 에드워드 윌슨도 비슷하게 주장했다. 자연에 생태계를 독점하는 생물은 없다. 다양한 방법으로 배려하면서 공존한다. 절대 경쟁하지 않는다. 덕분에 사람도 생태계의 일원으로 탄생했건만, 이제 생태계를 독차지했다. 지구 생태계의 모든 척추동물을 보자. 무게의 30퍼센트는 사람이고 67퍼센트는 가축이다. 고작 3퍼센트만 자연의 수많은 동물이 공유할 뿐이다.

순환을 거부하는 쓰레기들이 자연에 넘친다. 사람들의 탐욕이 남긴 더러운 흔적이다. 비닐과 미세먼지와 방사능이 지금처럼 있다면 6억 년 전 생물은 바다에서 육지로 올라오지 못했을 것이다. 기후 위기가 지금과 같은 추세로 계속된다면 30년 이내에 사람은 파국을 만날 거라고 과학자들은 경고한다. 한데 자연에 붓는 콘크리트가 늘어나면서 사람들은 지쳐간다. 스트레스를 이기지 못해 폭력을 서슴지 않는다. 경쟁으로 몸과 마음이 피폐해진 사람에게 자연이 필요하다. 생태 감수성을 회복해야 한다.

최근 한 핀란드 학자는 콘크리트 공간에 파묻힌 어린이를 흙에서 놀도록 이끌었더니 한 달도 못 돼 몰라보게 건강해졌다는 연구 결과를 발표했다. 흙에 사는 미생물 덕분에 피부 박테리아가 다양해진 결과라고 주장했다. 자연의 건강한 흙은 사람뿐 아니라 생태계의 모든 생물에 놀라운 건강을 선사한다. 콘크리트를 빠져나가 동식물의 삶을 자연에서 이해하는 사람은 생태 감수성을 회복한다. 사람도 생태계의 일원인 까닭이리라. 서로 돕는 자연을 이해하면 이웃을 배려하는 마음으로 이어진다. 몸과 마음이 비로소 건강해진다.

알면 보인다. 보이면 행동하게 된다. 자연의 동물들이 콘크리트를 어렵사리 피하면서 얼마나 힘겹게 살아가는지 알면 배려해주고 싶다. 창틀 밖에 견과류를 내놓고 다가오는 새들의 눈매를 바라본 사람은 먹이가 부족해 도시로 내려온 동물을 걱정한다. 동물의 눈높이에서 그들의 삶터와 생활방식을 지켜주고 싶다. 마음이 풍요로워진다. 자연이 주는 선물이다.

시는 사람의 감수성을 키운다. 생태시는 생태 감수성

을 높인다. 콘크리트를 빠져나가지 못하는 사람도 동물이다. 동물을 이야기하는 시는 콘크리트에서 지친 사람들을 자연으로 나갈 수 있도록 이끈다. 최계선의 시가 필요한 이유가 그렇다. 회색 공간에서 삭막해진 사람에게 생태 감수성을 일깨우고 선물한다. 콘크리트로 자연은 물론 사람도 위기에 몰렸다는 걸 알게 되리라. 4대강의 보를 자연에 돌려줘야 시가 더욱 풍요로워지고 건강해진다는 사실을 확신하리라. 최계선의 시는 위기 앞에서 위기를 느끼지 못하는 사람들을 위한 다독임일지 모른다.

# 생명을 아끼는 마음

권오길

수필가 · 강원대학교 생명과학과 명예교수

시인은 시에 미쳐야 한다고 했다. 시작(詩作)도 불광불급(不狂不及)이다. 나는 생물학자로 생물 수필을 평생의 업으로 알고 쓰고 있는데, 한편으론 생물 시집을 내보고 싶었지만 그게 마음처럼 되지 않아 포기하고 말았다. 시는 아무나 쓰는 것이 아니라는 것을 알았기 때문이다.

나는 생물에 숨어 있는 비밀스러움에 끌려 죽기 살기로 달려가지만 무엇보다 독자들에게 생명의 귀중함을 인식시켜서 그들이 생명보호지킴이, 파수꾼이 되었으면 하는 마음에서 글을 쓴다. '생명을 아끼는 마음'은 최 시인이나 내가 같이 나누는 생각일 것이다.

작년 모 일간신문에 소개된 최계선 시인의 『동물시편』 시집 기사를 읽고 책을 보게 되었다. 가냘프면서도 묵직

한 시집은 훨훨 날아가는 청호반새와 땀 흘려 쇠똥을 굴리는 쇠똥구리, 움츠리고 있는 청개구리가 책의 표지를 장식하고 있었다. 책을 받는 순간 예사롭지 않음을 실감했는바, 과연 읽으면 읽을수록 끌려들었고, 마음에 착착 달라붙었다.

시는 말(글)로 그린 그림이라 한다. 맞는 말이다. 한 편의 생물 수필도 마찬가지로 한 자 한 자, 또박또박 써서 그린 한 폭의 그림이다. 아, 그런데 생물 수필은 꺽지 한 마리를 그리는 데 최소한 원고지 10매가 더 드는데, 시인은 신통하게도 짤막하고 농도 짙은 몇 줄의 글로 뚝딱 멋진 그림을 그려놓는다.

내가 어릴 때만 해도 지리산 자락인 우리 동네 뒷산에 '큰 산짐승(범)'이 있었고, 여우나 늑대는 자주 만났던 동물인데 지금은 자취도 찾을 길이 없어지고 말았다. 생물이 멸종한다는 것이 거짓말이 아니라는 것을 알게 되었다는 말이다. 세계적으로 양서류가 41퍼센트 남짓, 포유류는 26퍼센트, 조류 14퍼센트, 상어가오리 같은 연골어류는 30퍼센트, 갑각류 28퍼센트가 이미 멸종 위기에 몰려 있다고 한다. 우리 사람만은 무사할 것이라고 여긴다면 이는 큰 오판이다. 그렇게 생각하고 있다면 분명 큰코다치는 일이 생기고 말 터이다.

시인의 눈과 과학자의 눈은 닮았다고 한다. 시와 과학은 모두 자연에서 답을 찾아야 하기 때문일 것이다. 시인과 과학자에게는 천진난만하고 순결무구한, 호기심이 가득했던 어린 시절이 있다. 뿐만 아니라 창의성을 키우며 오래 재미있게 살려면 어릴 적의 순진하고 천진한 호기심을 평생 잃지 말아야 한다. 아인슈타인은 "나이가 아무리 많아져도 늙지 말라"고 했고, 또 어떤 이는 "아이의 호기심을 잃지 말라"고 호소했다. 내가 아는 어떤 시인은 주변의 식물 이름을 나보다 훨씬 더 많이 안다. 이런 자연에 대한 궁금증(새롭고 신기한 것을 좋아하거나 모르는 것을 알고 싶어 하는 마음)은 모두 어린이 마음에서 나온다. 그래서 시인은 철부지요 철부지라야 한다. 또한 동심을 잃지 않아야 시를 쓰고 과학을 한다. 그리고 글을 쓰는 사람들은 하나같이 못 배운 사람, 가진 것이 없는 이, 심신이 여린 사람 편에 서는, 인정 많은 착한 사람들이다. 생명 사랑이라고 해두자.

앞에서 내가 「꺽지」 시 얘기를 꺼내놓은 까닭이 있을 터인데? 그렇다. 내가 물고기 잡는 이야기를 하는 것은 그리 어렵지 않다. 어릴 때 하도 많이 경험한 일이라 술술 글이 나오는데, 딱 막히는 말이 하나 있었다. '돌땅'이다. 우리 시골에서는 돌땅 대신에 '메방'이란 말을 쓰는데, 그 말은 사투리라 표준어를 늘 찾고 싶었다. 그런데 다행히도 그 표준어인 '돌땅'을 최 시인의 「꺽지」 시에서 만나게 됐던 것이다. 돌땅은 돌이나 망치 따위로 고기가 숨어 있을 만한 물속의 큰 돌을 세게 쳐서 그 충격으로 고기를 잡는 일이고, 또는 그렇게 치는 돌을 일컫는다. 평안도에서는 방언으로 '돌탕'이라고 한단다. 사실 「껵지」 시에서 돌땅이란 말을 보고 이것도 춘천 사투리겠지 생각했었다. 그러나 사전을 찾아보는 순간 깜짝 놀라 멍하니 머리가 하애졌다. 그렇게 찾아도 찾아도 찾지 못했던 말이 아니었던가. 무거운 돌을 치켜들고 땅하고 다른 돌을 때려주는 것을 돌땅이라 이름 지었다니! 얼마나 신나고 놀랬던지…… 글을 먹고 사는 사람들의 이 기쁨의 순간! 그렇다. 시인은 자연에 숨은 아름다움을 가려낼 줄 아는 진정한 '언어의 마술사'라 했다. 이 돌땅이란 말도 분명히 치기 어린, 시심(詩心) 가득한 어떤 철부지 양반께서 지은 이름일 터이다.

아무튼 이 쉽고 고운 우리말을 찾아 헤맸던 것을 생각하면 어이없다. 그러나 '돌땅' 덕분에 최계선 시인을 만나게 되지 않았는가. 인연이 있으면 언제 어디선가 꼭 만나게 된다지.

## 시집 동물 보탬 글

**눈표범**  이름은 표범이지만 호랑이와 먼 친척이다. 경사가 심한 산간 지형에 살기 때문에 고아 새끼가 구출되었다 해도 다시 야생으로 돌아가기는 힘들다. 산에서 꼬리를 이용하여 중심을 잃지 않고 뛰어다니면서 사냥까지 하는 훈련을 시켜야 하는데, 사람으로서는 역부족.

**북극곰**  털은 흰 눈에 가까운 색으로 보이지만, 하얀색이 아니라 투명하다. 푹신해 보이는 것과는 달리 털은 매우 빳빳하여 거의 바늘에 가까운 수준. 코 부분을 보면 나타나듯, 털 속의 피부는 검은색이다. 이 검은색 피부가 열을 흡수하는 역할을 한다.

**하마**  송곳니의 최대 길이는 60센티미터. 티라노사우루스 송곳니의 2배.

**장수거북**  인도네시아 파푸아 라자암팟, 코로나19로 관광객이 끊기자 장수거북이 이곳에 산란했다. 몸길이가 3미터를 넘기도 하는 장수거북은 지구상에서 가장 큰 거북으로 평균 수명이 150년이다. 국제자연보전연맹이 지정한 멸종위기동물 중에서도 가장 심각한 단계인 '위급'에 속한다. 대부분의 거북과 달리 장수거북은 등이 뼈로 이루어지지 않고 살로 이루어져 있다. 가죽질 피부로 덮여 있어, 영어 이름이 가죽등(leatherback)거북이다.

**코끼리**     코끼리의 코는 윗입술과 코가 합쳐진 형태. 방귀도 많이 뀌는데 낮에는 항문이 느슨해져 소리가 거의 안 난다. 하지만 밤에는 압력을 받아 소리가 엄청나게 크다. 처음 들은 사람은 지진인 줄 알고 뛰쳐나가기도 한다고. 태국에서는 변비에 시달리던 코끼리를 관장하던 수의사가 갑자기 쏟아져 나온 똥 무더기에 깔려 죽은 일도 있었다. 아프리카에서는 허리가 부러져 죽은 코뿔소가 자주 발견되는데, 코끼리의 강간 때문. 코끼리의 몸무게를 견뎌낼 수 없어 척추가 부러져 죽는다고 한다. 코끼리가 왜 이종교배를 시도하는지는 밝혀지지 않았다.

**바다코끼리**     털이 없어 보이지만 실제로는 매우 고운 털로 덮여 있다. 항상 물에 젖어 있어 털에 윤기가 나기 때문인데, 마치 털이 없는 맨살처럼 보인다.

**대왕쥐가오리**     가장 거대한 가오리. 날개 너비가 9.1미터까지 자란 개체도 있었다. 쥐가오리는 별개의 종.

**낙타**     낙타 등의 혹 안에는 물이 없다. 이 혹은 지방 덩어리로 일종의 뱃살 같은 것. 먹을 게 없으면 등에 축적한 지방을 분해해서 영양분을 얻는다. 30일 정도는 물을 안 마셔도 살 수 있다.

**참새**     참새는 쑥을 사용해 둥지 속 기생충을 줄이고 질병을

예방한다.

**백조**    백조는 일본식 표현이어서 '고니'로 쓰는 것이 옳다는 주장이 있다. 그런데 조선시대에도 백조로 쓰였다는 반론도 있다.

**푸른풍조**    풍조, 극락조라고도 한다. 우거진 숲에 살며 40여 종이 알려져 있다. 암컷은 수수하지만 수컷은 화려한 장식깃으로 특이한 구애 행동을 하는 것으로 유명하다.

**코뿔새**    암컷이 나무 구멍을 선택해 알을 낳고 깃털을 뽑아 자리 잡으면, 수컷은 먹이를 건네줄 수 있는 크기의 틈만 남기고 진흙과 배설물로 구멍을 메워버린다. 이후 수컷은 먹이를 가져다주고, 암컷은 먹이를 받아먹으며 새끼 양육에 전념한다. 그래서 '코뿔새 하나를 쏘면 셋이 죽는다'는 말이 있다.

**농게**    큰 집게다리가 떼이면 원래대로 재생시키는 게 아니라 반대쪽의 작은 집게를 크게 부풀리고 떼인 쪽 집게는 작은 집게로 재생시킨다. 따라서 같은 종이라도 큰 집게의 방향이 서로 다르다.

**닥터피시**    학명은 가라 루파(Garra rufa). 터키 온천에 사는 민물고기다. 피부병의 하나인 마른버짐을 고치기 위해 사람들이 이용하는데, 피부를 훑어 죽은 세포를 먹고 새 살만 남기기 때문이라고 한다. 터키에 사는 실제 닥터피시인 가라 루파는 보호종이라 수출 거래가 금지된 종이고, 한국에서 보이는 것들은 그냥 굶주린 중국산 친친어다. 배가 고프니까 사람 몸에 붙어서 긁어 먹어 보려고 애쓰는 것. 각질인 표피만 먹는 게 아니라 속 살인 진피까지 뜯는다.

**홈볼트오징어**  홈볼트오징어와 대왕오징어는 서로 다른 종이다. 홈볼트오징어의 최대 성장 한계치는 2미터지만 대왕 오징어는 20미터로 알려져 있다. 향유고래는 수천 미 터를 내려가 이 대왕오징어를 사냥하는데, 워낙 깊은 곳에 살고 있어서 실제로 어느 정도까지 클 수 있는 지는 아무도 모른다. 살아 있는 새끼 대왕오징어 촬 영에 성공한 것도 최근.

**공작갯가재**  공작갯가재 눈은 16개의 색 수용체를 가지고 있다. 인간은 고작 3개. 주먹은 수족관 유리도 깰 만큼 세다. 대기오염으로 인한 수온 상승과 바닷물의 산성화는 산호를 포함한 갑각류 패류들의 껍질을 녹여 없앤다.

**공작**  공작의 꼬리라고 생각하는 깃털은 실제로 허리에 나 있는 털이다. 날개가 아니다. 공작이 허리 장식 깃털 을 활짝 펼쳤을 때 뒤에서 보면, 화려한 깃털 밑에 아 주 짧은 꼬리 깃털들이 보인다.

**고릴라**  인간의 DNA와 97~98퍼센트 유사하며 지문도 있다.

수어를 할 수 있고 애완동물도 기른다. 고릴라의 가슴 두드리기는 힘을 과시한다기보다는 자신의 솔직한 정보를 알리는 행동으로 밝혀졌다. 이런 음향 정보는 짝짓기 상대를 잃고 싸움 없이 분쟁을 해결하는 데 기여하는 것으로 나타났다.

**돌고래**  '인간 외의 모든 동물은 단순히 번식을 위해 짝짓기를 한다', '자연계에서는 동성애가 발견되지 않는다', '자위는 인간의 전유물이다' 등의 말은 돌고래에게는 모두 해당되지 않는다.

**전갈**  전갈의 꼬리라고 알고 있는 부위는 실제로는 엉덩이다. 끝에 항문이 있다. 보통 집게가 크고 꼬리가 작은 종들은 독은 비교적 약하지만 힘이 세서 집게로 사냥하고, 집게가 작고 꼬리가 굵은 종들은 맹독을 지니고 있다.

**타조**  현존하는 공룡 중 가장 크다. 시력은 매가 9.0이고 검독수리가 6.0인데 타조는 25.0이다. 최대 가시거리는 20킬로미터. 지평선 끝에 있는 포식자도 다 보인다.

**코모도왕도마뱀**  코모도왕도마뱀은 인간과 달리 수컷은 ZZ, 암컷은 ZW 염색체다. 수컷이 없는 상태에서 암컷이 절반의 유전자 Z만 들어 있는 알을 낳으면 알이 스스로의 유전자를 복제하여 ZZ의 수컷 도마뱀이 태어난다. W를 받은 알은 WW로 자가 복제하지만 수정되진 않는다. 수컷이 없으면 암컷이 수컷을 만든다. 태어날 때의 크기는 30센티미터 정도. 동종 포식의 위험 때문에 나무 위에서 살다가 크기가 1미터를 넘길 정도가 되어야 땅으로 내려온다.

**홍학** 무리에서 우두머리를 찾는 방법은 아주 쉽다. 상태가 엉망인 수컷이 우두머리다. 우두머리 자리를 차지하고자 엄청나게 싸우기에 깃털이 빠지고 상처투성이가 될 수밖에 없다. 아주 곱고 상처 자국 하나 없는 수컷이라면 처음부터 자리 포기하고 싱글로 살아가기로 마음먹은 놈이다.

**산호** 겉으로는 나무처럼 생겼으나 세포벽이 없는 동물이다. 산호는 해저에서 올라오는 다양한 종류의 부유물은 물론이고 박테리아, 동식물성 플랑크톤, 물고기의 배설물 등 거의 모든 유기물을 다 먹어치운다. 수온 상승으로 인한 산호의 백화 현상은 산호가 공생조류를 배출하는 것인데, 이 백화 상태가 지속되면 결국은 죽는다.

**혹등고래** 대부분의 고래처럼 매우 온순하고 친절하고 선행도 베푼다. 바다 깊은 곳에서 스쿠버다이빙을 하다가 지느러미를 흔들며 다가오는 혹등고래를 본다면 빨리 배로 올라가는 것이 좋다고 한다. 혹등고래의 이 몸짓은, 자신은 괜찮지만 작은 당신에게는 위험한 구역이니 빨리 벗어나라는 뜻. 이 몸짓을 이해 못한 다이버들은 고수압, 소용돌이, 대형 상어 등의 위험과 마주쳤다고 하며, 어떤 이는 혹등고래가 자신을 따라와 호위해준 덕분에 겨우 살았다고 한다.

**군대개미** 무리 중 가장 계급이 높은 병정개미는 턱 힘이 세기 때문에 원주민들은 상처 봉합에 쓴다. 상처를 물게 한 뒤 머리만 남겨두고 몸을 떼버리면, 개미는 상처를 계속 물고 있기 때문에 봉합이 되는 셈.

**도마뱀** 대부분의 도마뱀은 천적으로부터 꼬리를 잘라 미끼로 던지고 도망치는 것으로 유명하다. 자할 혹은 자절이라고 하는데, 자절은 도마뱀 최후의 수단으로, 한 번 끊고 다시 자라난 꼬리는 다시는 끊어지지 않는다. 꼬리 자르기는 일생에 단 한 번 가능하다. 뼈는 다시 재생이 되지 않아 연골로 대체된다.

**갈라파고스땅거북** 갈라파고스 제도의 동물들은 모두 온순하다. 다른 생명체에 대한 경계심도 없고 적대감도 없다. 새들은 총부리에 앉아서 노래 부른다. 흉내지빠귀는 손에 든 물컵 위에 내려앉아 물을 마신다. 멧비둘기는 모자에 앉는다. 바다이구아나는 바다로 보내도 자꾸 따라다닌다. 거북이도 그렇고. 바보들의 낙원에서 진화했기 때문이라는 데이비드 쾀멘은 '방어적응 능력 상실' 대신 '생태학적 순진성'이란 용어를 사용하여, 섬의 동물들은 단순하고 순진한 작은 세계에서 살아가는 데 알맞게 진화했을 뿐이라고 말한다. 관광객들이 많아지면서 요즘은 달라졌다고 하지만……

**카멜레온** 일반적으로 알려진 것과는 달리 카멜레온의 체색 변화는 위장을 위해서가 아니다. 보통 기온과 기분에 따라 색이 바뀌는데 두려울 때에는 어두운 색 계통이 나타난다. 체색 변화는 다른 카멜레온과의 의사소통 수단으로 사용하는 것으로도 알려져 있다. 완전히 자유자재로 색을 바꿀 수는 없고, 몇 가지 색상을 적절히 섞어서 색을 변화시킨다.

# 열마리곰

ⓒ 최계선

1판 1쇄 발행 　|　 2021년 9월 20일

지은이 　|　 최계선
펴낸이 　|　 정홍수
편집 　|　 이명주
펴낸곳 　|　 (주)도서출판 강
출판등록 　|　 2000년 8월 9일(제2000-185호)

주소 　|　 서울시 마포구 동교로 17안길 21(우 04002)
전화 　|　 02-325-9566
팩시밀리 　|　 02-325-8486
전자우편 　|　 gangpub@hanmail.net

값 13,000원
ISBN 978-89-8218-285-3　04810
　　　 978-89-8218-286-0 (세트)